Wo das türkisblaue Wasser

den lilablauen Abendhimmel berührt

Beate Fuhrmann

Wo das türkisblaue Wasser den lilablauen Abendhimmel berührt

Erzählung

Bibliografische Information der Deutschen
Nationalbibliothek:
Die Deutsche Nationalbibliothek verzeichnet diese
Publikation in der Deutschen Nationalbibliografie;
detaillierte bibliografische Daten sind im Internet über
http://dnb.dnb.de abrufbar.

Coverfoto: Enver Capat

Herstellung und Verlag: BoD – Books on Demand,
Norderstedt

ISBN: 978-3-7578-4585-8

Für Enver

TEIL 1

E-Mail am 2. August

Lieber Enver,

ich möchte einfach nur Danke sagen. Danke für dein Wirken, für so wundervolle, berührende Bilder! Nur vier Tage war ich in Berlin, aber dank meiner Freundin Celine hatte ich die Gelegenheit, deine Ausstellung zu sehen – und ich bin ihr so dankbar, dass sie mich dorthin geführt hat! Nicht sattsehen konnte ich mich an deiner Kunst – Celine hatte es geahnt, sie kennt meine Begeisterung für Bildimpulse, ich würde meinen Bleistift aus der Tasche ziehen und das Heft, das ich immer dabeihabe, und ich würde mich vor Bilder setzen und die Zeit vergessen und schreiben...

„Und da, wo das türkisblaue Wasser den lilablauen Abendhimmel berührt, ist eine nicht enden wollende Grenze ins Traumland. Dorthin werde ich reisen, in dem kleinen Papierboot, das du mir gemalt hast."

Ein Text-Schnipsel für dich...

Voller Dankbarkeit und mit herzlichen Grüßen

Manu

E-Mail am 4. August

Lieber Enver,

ganz überrascht danke ich dir für deine schnelle Antwort! Nein, es war ganz einfach, deine E-Mail-Adresse stand auf dem Kärtchen, das ich bei der Ausstellung eingesteckt habe.

Aber deine Homepage habe ich mir natürlich auch angeschaut. So gerne wäre ich dir persönlich begegnet, aber du warst nicht mehr dort.

So berührend der gewählte Text, den du mitschickst, du liebst also Gedichte. Ich möchte dich am liebsten gleich mit Fragen bewerfen, eine verwandte Künstlerseele in dir finden - so weit entfernt - doch gepackte Koffer hindern mich daran. Eine Woche Yoga, Meditation und Entspannung will ich mir erlauben; wegtauchen, offline, Pause. Ich sende dir ein Lächeln, eins für jeden Tag, bis ich dich wieder lese.

Liebe Grüße

Manu

E-Mail am 11. August

Lieber Enver,

es war schön, dass eine Nachricht von dir auf mich wartete, als ich zurückkam. Du bist also in deiner Heimat unterwegs, da ist es jetzt bestimmt sehr heiß. Du schreibst, dass Menschen, die mit Literatur und Sprachen zu tun haben, dich sofort anziehen und einen besonderen Platz bei dir einnehmen. So geht es mir auch oft, dass Künstler, vor allem Maler, mich magisch anziehen. Ich muss gestehen, manchmal gehe ich in Gedanken wieder durch die Ausstellung, sehe deine Bilder, lasse mich fallen in die melancholische Stimmung und in deine kräftigen Farben. Ja, die Bilder mit den wunderbaren Farben haben mir am besten gefallen. Und sehr gerne nehme ich dein Angebot an, mir Fotos von einigen Bildern zu schicken. Wenn du erlaubst, würde ich sie gerne als Schreibimpulse in meinen Schreibwerkstätten einsetzen.

Und jetzt gehe ich Koffer auspacken.

Manu

1. E-Mail am 14. August (21:06 Uhr)

Lieber Enver,

das war ein merkwürdiger Tag, eigentlich wollte ich dir gleich heute Morgen schreiben, dir sagen, wie sehr ich mich über deine Nachricht gestern Mittag gefreut habe und die beiden Fotos - aber dann habe ich sehr lange geschlafen (weil ich gestern noch sehr lange geschrieben habe) und dann kam meine Schwester und wir sind zusammen in die Stadt gefahren, weil ihre Freunde aus Spanien zu Besuch sind und wir haben uns in einem kleinen spanischen Restaurant getroffen, Tapas bestellt, getrunken und erzählt und ich bin die sechs Kilometer zu Fuß nach Hause gelaufen, ein schöner Spaziergang. Dann habe ich meinen Text von gestern überarbeitet und angefangen, einen neuen zu schreiben, mit dem ich an einem Wettbewerb teilnehmen möchte. Und wenn ich anfange, kann ich nicht aufhören, drei Stunden habe ich geschrieben und jetzt mache ich mir etwas zu essen und freue mich! Deine Zitate gefallen mir, das Buch kenne ich. Und ich finde es auch schön, wenn Zitate aus Büchern fallen!

Bis nachher, ich schreibe später noch mehr! Liebe Grüße erst einmal...

Manu

2. E-Mail am 14. August (23:33 Uhr)

Das ist Leben
Wie sehr ich mir auch manchmal wünschte, dass etwas bleibt
– nichts bleibt.
Die Freude nicht. Die Traurigkeit nicht. Die Sorglosigkeit
nicht.
Aus schwer wird leicht, aus leicht schwer.
Aus nichts wird etwas, aus etwas wird nichts.
Aus morgen wird heute, aus gestern vorgestern.
Aus Abschied wird Wiedersehen, aus Leben wird Tod.
Aus immer wird manchmal, aus manchmal nie.
Der Anfang findet ein Ende. Das Ende findet einen neuen
Anfang.
Genau so. Immer wieder.

Das Gedicht habe ich im Juli geschrieben, kurz nachdem mein
Vater gestorben war. Wie lange wirst du noch auf Reisen sein?
Und was machst du dort? Ich halte mich mal zurück mit
Fragen, erzähle mir, was du erzählen magst. Heute Abend
geht es mir endlich mal wieder richtig gut - so ist es, wenn ich
alles wegschiebe und mich ganz dem Schreiben hingebe.

Ganz herzliche Grüße und ein liebevolles Lächeln für dich!

Manu

E-Mail am 18. August

Lieber Enver,

danke für das Kompliment – ich freue mich, dass dir mein Gedicht gefällt. So als hätte ich eine direkte Leitung bis in dein tiefstes Innerstes, schreibst du, und dass es dich getröstet hat – es berührt mich, dass du Trost brauchst. Es ist bestimmt anstrengend mit deiner Mutter, und jetzt, wo ihr nicht mehr am Meer seid, ist die Hitze tagsüber sicher unerträglich. Kein Wunder, wenn dir das Malen schwerfällt. Und dann bedankst du dich für die neuen Lächeln, weil die anderen allmählich zur Neige gingen, trotz deines sparsamen Umgangs damit - was Lächeln angeht, weißt du, damit bin ich sehr großzügig, ich habe gleich wieder mehrere auf die Reise zu dir geschickt, wie schön, dass du sie gebrauchen kannst und meine Worte dir guttun. Lange Zeit hatte ich keine Lächeln, keine für mich und keine zum Verschenken, aber das ist zum Glück wieder anders. Deine Nachricht zu lesen, hat mein Herz gewärmt und ich werde dieses schöne Gefühl mit in einen ausgefüllten Tag nehmen. Erzähl mir mehr von dir!

Herzliche Grüße

Manu

E-Mail am 21. August

Lieber Enver,

weiße dünne Wolkenschleier haben sich über den Himmel gelegt und ein kühler Wind hat mich begrüßt, als ich die Balkontüren öffnete. Die Sonne wirkt noch kraftlos und wird sich heute wohl zurückhalten, Regen ist angesagt. Ich lasse meinen Blick schweifen, am Ende meiner Aussicht treffen Nadelbäume auf den Himmel, dahinter verstecken sich Laubbäume, kaum zu sehen, die eine Ahnung von Herbst aussenden. Blüten, gelb, orange und lila zittern im Wind. Meine Gedanken gehen spazieren, fliegen zu dir. Wer bist du? Wie heißt die Stadt der unerträglichen Hitze? Was hat dich traurig gemacht? Schick mir von der Sonnenwärme!

Ich denk an dich

Manu

E-Mail am 24. August

Lieber Enver,

du schreibst so schön! Es ist, als ob ich ein Buch aufschlage und mich in ein anderes Leben hineinziehen lasse: die weit aufgerissenen Augen des kleinen Jungen angesichts der Schneemassen in Berlin, die stark geschminkte Hauswirtin beim Schnee schaufeln, das verschlossene Gesicht, weil der Hass auf die Schule so schwer zu schlucken ist und die Flucht ins Paradies, ein Garten, der in der Erinnerung unsterblich ist. Ich möchte die Hand ausstrecken und dich berühren... Du bist also damals zunächst zurück in die Türkei - und doch lebst du jetzt in Berlin?

Dein Bericht über deine Kindheit hat meine Dichterseele berührt und ich schrieb einen Text, den ich dir anhänge. Ich bin müde und morgen muss ich früh raus. Aber ich freue mich

auf deine nächste Nachricht. Ich habe übrigens auch drei
Geschwister... Smile!

Liebe Grüße von Manu

Anhang

Flucht ins Paradies

Die alten Obstbäume
Blüten und Blätter, dann Früchte
Feigen, Granatäpfel, Maulbeeren
Erinnerungen
unter jedem herabfallendem Blatt
hinter jedem Stamm,
eingeritzt in die Rinde
versteckt in der Süße des Obstes
das ich in der Großstadt esse
nicht nur ich, auch die Bäume sind gewachsen
die, die bleiben durften
stärker geworden, vielseitiger
die Zeit hat ihre Spuren hinterlassen
aber wenn ich die Augen schließe
höre ich unser Lachen
Frühstück unter dem Feigenbaum
es ist das Kind

das durch den Garten tobt
nicht wissend, nur ahnend
gelernt habe ich hier, mich zu kümmern
zu schützen und zu verteidigen
was mir gehört
Erinnerungen an ein Paradies
das mir keiner nehmen kann
und Halt habe ich gefunden
gestern wie heute
die Sonne scheint zwischen Wolken
und die Erinnerung schmeckt bittersüß

E-Mail am 30. August

Lieber Enver,

deine Gedanken fliegen zu mir, schriebst du, Enver - sie kommen nicht an! Ist es zu heiß zum Schreiben? Hat dir mein Gedicht nicht gefallen? Vielleicht braucht dich die Malerei, haben dich deine Farben gepackt, neue Ideen sind aufgetaucht, halten dich fest, halten dich fern von mir…

Ich sehne mich nach Worten von dir

Manu

Keine Nachricht

Sie musste heute nicht früh aufstehen. Sie hatte einen freien Tag. Deshalb war sie auch nicht so früh schlafen gegangen. Sie hatte noch eine E-Mail verschickt, kurz nach Mitternacht. Am Morgen schrieb sie wie jeden Morgen ihre Seiten, schnell und ohne Pause mit der Hand, trank den Kaffee, wurde langsam wach. Das Wetter war nicht sommerlich, nein, dicke Regenwolken machten sich am Himmel breit. Sie duschte, kleidete sich an, fuhr den Rechner hoch. Nein, er hatte nicht geschrieben. Zu früh für eine Antwort. Ihre Schwester kam vorbei, eine Kollegin erschien zu einer kurzen Besprechung. Am Nachmittag machte sie sich auf den Weg in die Stadt, einkaufen, zur Post, beim Optiker vorbei. Es regnete. Es machte ihr nichts aus. Sie betrachtete die mürrischen Gesichter der Menschen, die ihr entgegenkamen. Regenschirme stießen aneinander, das Prasseln des Regens wurde stärker, sie zog ihre Kapuze über den Kopf. Sie hasste Regenschirme. Ihr Gesicht blieb freundlich und neugierig. In der Buchhandlung gab sie ihren Wettbewerbsbeitrag ab. Ein heiliger Moment, verbunden mit viel Hoffnung. Es wäre einfach zu schön, wenn ihr Text Beachtung finden würde.

Auf dem Nachhauseweg überlegte sie, was heute noch wichtig war. Als sie zuhause ankam, schaute sie als erstes in den Computer. Keine Nachricht von ihm. Sie seufzte. Wie schnell man in so eine Hoffnungsschleife gerät, überlegte sie und kochte Tee. Sie kannte ihn nicht. Sie wusste fast nichts von ihm. Das, was sie zu wissen glaubte, war doch Einbildung. Eine Illusion. Aber Illusionen hatten auch etwas Schönes. Die Illusion, dass da jemand war, der sich interessierte. Dass die Worte genau die Bedeutung hatten, die sie ihnen beimaß. Geschriebenes erhalten. Selber schreiben.

Sie arbeitete dann doch ein wenig an einem Auftrag, als sie keine Lust mehr hatte, checkte sie noch schnell die E-Mails. Er hatte nicht geschrieben. Bestimmt hatte er anderes zu tun. Sie dachte an den Garten, von dem er erzählte hatte. Die Worte, die ein Gedicht sein sollten, wollten sich nicht auf dem Papier festhalten lassen. Sie blieben im Kopf mit so viel Nicht-Geschriebenem. Eine merkwürdige Melancholie versperrte ihren Worten den Weg. Sie wollte nur schreiben. Am liebsten hätte sie alle Termine ignoriert, To-do-Listen verbrannt, Aufgaben übersehen – einfach nur schreiben. Dem Regen beim Regnen zuschauen und Worte finden für alles im Außen und im Innen. Das Licht beobachten, wie es hinter den Bäumen verschwindet und verfolgen, wie weiße Wolken hellgrau werden, dann dunkelgrau und dann aufgefressen werden von der Dunkelheit.

Am nächsten Morgen war ein Schreibfrühstück. Sie freute sich auf diese Schreibtreffen; wie immer begann ihr Tag mit Kaffee und drei Seiten schreiben, erst dann schaute sie kurz in ihr E-Mail-Postfach. Keine Nachricht von ihm. Vielleicht fand er ihre letzte Nachricht blöd. Vielleicht schrieb er noch anderen. Vielleicht mochte er sie nicht mehr, vielleicht...

Das Schreibtreffen war schön. Sie war gut darin, die Menschen zum Schreiben zu animieren, dazu, sich zu öffnen, berührende Texte, offene Worte, beim Frühstück Zeit für Gespräch. Am Nachmittag ging sie in den Wald, versuchte, ihren Kopf zu lüften. Als sie wieder zu Hause war – er hatte nicht geschrieben. Den Sonntag wollte sie ganz zum Schreiben nutzen. Aber als eine Freundin sie fragte, ob sie mit zum Wandern kommen wolle, sagte sie ja. Vorher checkte sie ihre E-Mails. Er hatte nicht geschrieben. Als sie zurückkam, checkte sie ihre E-Mails. Keine Nachricht von ihm. Was hatte sie denn erwartet? Na ja, dass sie sich schreiben. Dass sie sich kennenlernen, einander von sich erzählen, Fragen stellen und beantworten. Aber machte das alles überhaupt Sinn? Verstrickte sie sich nicht nur wieder in irgendetwas, das nicht real, nicht greifbar war? Diese Fragen legten sich wie Schatten über sie. Sie war nicht traurig, aber wenn sie ehrlich war, war sie es doch, seit Tagen hüllte diese unerklärliche Traurigkeit sie ein wie ein Nebel.

Telefonate mit den Schwestern. Sie waren wieder aufgetaucht, diese Geschwister, nach dem Tod des Vaters, und irgendwie war ihr das alles zu viel. In ihren Gedanken tauchte der Garten auf, der, den sie noch nicht beschrieben hatte, eine vage Erinnerung, ein Bild, das sie sich gemacht hatte, Worte, die noch unsortiert auf irgendetwas warteten.

Am Montag musste sie zur Schule, früh, natürlich konnte sie nicht umhin, einen schnellen Blick ins Postfach zu werfen, aber sie wusste es schon: er hatte nicht geschrieben. Was war nur passiert? Wann und warum war dieser dünne unsichtbare Faden zerrissen, der sie mit diesem Mann in der Ferne verband? Warum machte es ihr etwas aus? Die Sehnsucht hatte einer Resignation Platz gemacht. So lange keine Antwort – das war nicht „normal". Sie wollte nicht darüber nachdenken. Egal welche Art der Zurückweisung – alles war Illusion.

Am Nachmittag war sie nur müde. Sie hätte gerne etwas, worauf sie sich freuen konnte. Zum Beispiel E-Mails von ihm. Er hatte nicht geschrieben. Enttäuscht schaltete sie den Computer wieder aus und legte sich ins Bett. Eigentlich hatte sie noch viel zu tun. Viel Arbeit wartete auf sie, so viel vorzubereiten an Unterricht, so viel zu planen, zu organisieren. Sie schlief sofort erschöpft ein. Nach einer Stunde erwachte sie verwirrt, aber es ging ihr besser, sie fing an zu kochen, beschloss, nicht mehr zu arbeiten, schaute einen sehr berührenden Film. Wie schön, dass ihre Schwester ihr immer wieder so schöne Filme auslieh. Am späten Abend – keine Nachricht von ihm. Sie vermisste das Schreiben, sie fühlte sich plötzlich einsam. Nun, der Dienstag war nicht weit. Auch am Dienstag gab es Unterrichtstermine und viel zu organisieren. Im Oktober war der nächste Auftritt. Sie verdrängte die Gedanken an ihn, den sie nicht kannte, den Maler mit den wunderbaren Bildern, das Phantom, der Fremde in der Türkei, schade, aber dann –

dann kam eine Nachricht von ihm.

E-Mail am 7. September

Lieber Enver,

das ist einfach schön!

Ich kann mich nicht satt sehen an deinen Bildern und die Worte von Ahmet Hamdi Tanpinar treffen mich mitten ins Herz.

Genauso fühle ich mich: >Weder bin ich in der Zeit, noch gänzlich außer ihr<

Ich funktioniere. Ich tue, was man von mir erwartet. Ich schiele auf alles, was noch getan werden muss oder sollte – ignoriere, was schon fertig ist. Ich werde nicht fertig. Ich wehre meine eigenen fordernden Gedanken ab. Lasse die Träume und Sehnsüchte nicht zu. Ich ergebe mich – in eine Mittelmäßigkeit. Ich erlaube mir keine anderen Gedanken, nur die gewohnten. Ich lasse zu, dass nicht geschrieben wird, was geschrieben werden will.

Nur vorübergehend.

Ich will alles auf einmal. Und gar nichts. Nur meine Stifte, mein Papier, meinen Kaffee, meine Morgen; kühle Herbstluft, die durch geöffnete Türen schleicht, bevor der Sommer sich noch einmal aufbäumt. Ich will abends die Tage auf dem Balkon sitzend beobachten, wie sie langsam zu Ende gehen, in der Dunkelheit verschwinden. Ich träume von einem Garten. Von dem kleinen Haus mit Garten, das es in Wirklichkeit nicht gibt. Dort wohne ich. Dorthin träume ich mich, denn dort gibt es eine Hand, die meine hält. Dort gibt es ungesagte Worte, die sich gut anfühlen.

Ich muss jetzt noch ein bisschen arbeiten, die nächsten Tage vorbereiten, aber bald beantworte ich auch deine Fragen in der E-Mail.

Und ja, erzähle mir den Rest. Erzähle mir alles von dir!

Liebe Grüße

Manu

E-Mail am 10. September

Lieber Enver,

da bin ich wieder, ich war zwei Tage in meiner Heimatstadt und deine drei Nachrichten sind ganz durcheinander bei mir angekommen, so musste ich zuerst alle Informationen und Eindrücke in die richtige Reihe puzzeln.

Das Gedicht von Borges finde ich schwer zu verstehen, das Zitat von Attar gefällt mir sehr gut. Ja, so ist es. Meine Reise war eine Reise in die Vergangenheit: Ich war nur zwei Tage weg, aber es kommt mir viel länger vor – ich habe in dem Haus meiner Eltern die Bücher sortiert. Das ist die Aufgabe, die ich nach dem Tod meines Vaters übernommen habe. Ich mag Bücher, aber ich mag keinen Staub und das Haus, in dem ich aufgewachsen bin, mag ich auch nicht. Dort ist es dunkel, die Wände sind dunkel und die Zimmer, denn die meisten Fenster sind verschlossen (elektrisch). Ich bin durch das dunkle staubige Haus gegangen und habe Erinnerungen gefunden, in jedem Zimmer, an jedem Möbelstück, in den Schubladen, hinter jeder Tür, an den Wänden, in den Kisten, manche haben mich nur gestreift, andere haben mich gefangen genommen. Und Bücher, überall Bücher. Ich habe jedes Buch in die Hand genommen und sie haben mich entführt in das Leben meiner Eltern, in ihre Themen, ihre Interessensgebiete, zurück zu ihren Problemen, für die sie in den Büchern Rat suchten, Lebensberater, Erziehungsberater, psychologische Berater, Politik und ganz viel Religion. Arztromane, Krimis, Romane, leichtere Lektüre in den Regalen meiner Mutter. Sie lebt jetzt im Heim. Sie liest nicht mehr. Sie kann nicht mehr gut sehen, aber ich glaube, das ist nicht der einzige Grund.

Ich habe Bücherberge zurückgelassen. Bücher zum Verschenken, Bücher zum Vernichten. Bücher fürs Antiquariat. Ich habe Bücher mitgenommen. Am besten nehme ich mir zwei Jahre frei und lese sie alle durch!

Zwischendurch habe ich eine Pause gemacht und meine Mutter besucht. Ich mag sie nicht so sehr, aber ich wollte ihr eine Freude machen. Und dann habe ich die Pause verlängert und in einem griechischen Imbiss noch etwas gegessen und sogar ein kleines Glas Wein getrunken.

Zurück ins dunkle Haus - drei Stunden später war ich fertig und habe stolz die Bücherstapel betrachtet. Aufgabe erfüllt! Etwas unkonzentriert bin ich über die Autobahn zurück nach Hause geflogen, ich konnte es nicht abwarten, die Kisten in die Wohnung zu tragen und endlich allen Staub von mir abzuwaschen.

Jetzt bin ich sehr müde... Ich warte auf den Rest deines Berichts!! Und auf deine Fragen!

Liebe Grüße von Manu

E-Mail am 12. September

Lieber Enver,

noch einmal ein heißer Sommertag, dabei ist schon September, kaum zu glauben. Ich war viel unterwegs und konnte es gar nicht erwarten, wieder auf meinem Balkon zu sitzen. Die Sonnenblumen sind aufgeblüht und brauchen Wasser, bei der Hitze dreimal am Tag. Ich müsste meine Treffen morgen vorbereiten, aber nein, ich möchte auf dem Balkon sitzen und in den Himmel starren, der blau und wolkenleer ist, an den Rändern weiß mit Rotstich und oben steht ein halber Mond. Flugzeuge malen weiße Striche an den Himmel, von rechts nach links, von links nach rechts und quer dadurch. Die Tage werden kürzer und ich habe das Gefühl, ich verpasse etwas, Sommermomente. Ich trinke kühlen Roséwein und genieße die Ruhe, mal schlägt eine Autotür, mal erreicht der Flügelschlag eines Vogels mein Ohr. Ich schicke meine Gedanken auf Reisen und baue Gedankenschlösser aus Illusionen. Dazwischen sehe ich dich durch den Garten laufen und höre deine Tante rufen! Enveeeer... Vor zwei Jahren bin ich aufs Land gezogen, ich möchte jeden Tag aufs Neue eintauchen in die Natur und meine Aussicht, Regentropfen wie Perlen an einer Schnur an meinem Balkongeländer, Wolkenbilder morgens, mittags und abends oder Sonne an wolkenlosem Himmel, es wird früher dunkel. Ich reiße mich los, um dir zu schreiben. In Gedanken schreibe ich den ganzen Tag. Das Leben ist eine Illusion – ich brauche Illusionen zum Leben. Du schreibst so schön, wie in einem Film sehe ich alles vor mir. Und möchte mehr hören. Baudolino, erzähl mir von deinen Illusionen!
Ich will fragen! Ob du antworten willst, überlasse ich dir.

Was hast du studiert?
Warum kannst du soo schön malen?

Und warum bist du doch noch nach Berlin gekommen?
Hast du Kinder?
Wo sind deine Geschwister jetzt?

Okay, das reicht...

Liebe Grüße von Manu

...und Enveeeer – antworte mir bald!

E-Mail am 15. September

Lieber Enver,

zerrissene Nachrichten, getrennte Buchstaben, verletzte
Worte... doch Bruchstücke finden ihren Weg, setzen sich
wieder zusammen, finden ihre ursprüngliche Bedeutung.
Vielleicht.

Deine persönliche Geschichte, ganz kurz zusammengefasst,
hat mich berührt. Ja, was erzähle ich dir von mir? Ich hatte mal
die Aufgabe, eine Art Lebenslauf zu schreiben – als ich fertig
war, hatte ich 36 Seiten vollgeschrieben! Nein, ich schicke dir
lieber Texte von mir – oder Gedichte.

„Enveeeer – möchtest du ein Gedicht hören?"

Das war bestimmt ein Ja! Ich werde dir eins schicken...

Also:

Ein blaues Gedicht

ich schreibe dir ein blaues Gedicht
mehr Farbe habe ich heute nicht

ein Stift, ein Schal, dahinten das Tor
und meine Frühlingwünsche kommen darin vor

von kleinen Blüten schreibe ich, von großen Träumen
und vom leeren Himmel hinter den Bäumen

meine Liebe zu dir ist heute blassblau
und morgen schreibe ich dir ein Gedicht in

gelb

Das war der erste Teil einer Reihe von farbigen Gedichten. Schlaf gut.

Manu

E-Mail am 17. September

Enver – was für ein schönes Bild! Danke!
Und auch das Zitat von Jorge Luis Borges gefällt mir:

"Ich habe mir den Himmel immer wie eine große Bibliothek vorgestellt."

Und ja, eine große Bibliothek wäre auch ein Himmel für mich!
Ich wünsche dir einen besonders schönen Tag,

liebe Grüße von Manu

E-Mail am 18. September

Lieber Enver,

danke, dass du mir erzählt hast, wieso du dann doch nach
Berlin gekommen bist und in Berlin geblieben bist. Jetzt ist
alles wieder ungewiss, wenn dein Sommer in der Türkei zu
Ende geht. Wirst du dir ein neues Atelier suchen? Enver, du
musst doch malen!

Es wird Zeit für das zweite Gedicht, bist du schon gespannt?

Ein buntes Gedicht

ich schreibe dir ein buntes Gedicht
gelb allein reicht mir dann doch nicht

eine glitzernde Wunschliste, ein bemaltes Rohr
und ein großer Regenbogen kommen darin vor

von Seifenblasen schreibe ich, von hellem Kinderlachen
von bunten Ballons, Kopfstand und lauter verrückten
Sachen

meine Liebe zum Leben ist heute so bunt
und morgen schreibe ich dir ein Gedicht, das ist

viereckig

Was machst du so? Ist es bei euch noch immer heiß? Hier wird es Herbst, aber es ist die Ruhe vor dem Buntwerden...

Liebe herbstliche Grüße

Manu

E-Mail am 24. September

Lieber Enver,

ich habe die ganze Woche nichts von dir gehört. Ich habe gearbeitet, geschrieben, Menschen getroffen, Besprechungen gehabt, deine Bilder angeschaut, Unterricht vorbereitet, Unterricht gegeben, Pläne gemacht, einen Auftrag vom Verlag bearbeitet, Englisch gesprochen, an dich gedacht, Spanisch gesprochen, telefoniert, gegessen, geschlafen, geweint und gelacht. Ein bisschen Migräne gehabt. Wolkenbilder angeschaut. Herbstluft geatmet.

Lieber Enver, gefallen dir meine Gedichte nicht? Hast du den Gedichtband zugeschlagen? Vielleicht sind die farbigen Gedichte ein bisschen albern – aber es macht einfach Spaß!

Liebe Grüße

Manu

Und hier kommt das nächste Gedicht:

Ein rotes Gedicht

ich schreibe dir ein rotes Gedicht
andere Farben hab´ ich grad nicht

ein Schuh, ein Kuss, dahinten ein Fleck
und verwirrende Gedanken sind plötzlich weg

von kleinen Hoffnungen und großem Staunen schreibe ich
von Abenteuern, von Wundern und Zuversicht

meine Liebe zu dir ist so rosenrot
und morgen schreibe ich kein Gedicht, ich bin

unterwegs.

1. E-Mail am 25. September (9:26 Uhr)

Enveeer, hallo, da bist du wieder!

Und wieder ein Bild von dir, es trifft mich mitten ins Herz, so schön, wenn ich ein Bild von dir einmal gesehen habe, dann habe ich es vor Augen und kann mich nicht satt daran sehen! Du bist großartig! (Die Fotos sind auch schön) Ich hatte es fast vermutet... Hindernisse zwischen uns... Die Gedichtserie geht weiter, ja, wenn du noch ein letztes lesen willst?! Ich schreibe dir später noch einmal, ja?

Liebe Grüße

Manu

2. E-Mail am 25. September (19:09 Uhr)

Lieber Enver,

In den letzten Tagen ging es mir nicht so gut. Das Semester hat wieder angefangen, mehr Arbeit für mich. Ein Auftrag vom Verlag mit Zeitdruck. Ich hasse Druck. Die Freudlosigkeit hängt wie eine dunkle Wolke über meine Tage. Ich möchte laut lachen und finde keinen Grund dafür. Normalerweise kann ich auch ohne Grund lachen. Ich vermisse mein Lachen. Ich vermisse meine Sehnsucht, meine Träume und mein Schreiben. Ich vermisse Dinge, die mir Freude machen. Ich vermisse Abenteuer und Spontaneität. Ich vermisse Menschen, die zuhören.

Heute war ich bei einer Fortbildung im Theaterlabor. Ich liebe Theater. Es war sooo ein guter Tag!

Die Sehnsucht ist erwacht, oder ich nehme sie wieder wahr; ich möchte reisen, staunen, sehen, erleben.

Aber jetzt erst einmal das letzte farbige Gedicht (auch wenn der Winter noch weit ist):

Ein weißes Gedicht

ich schreibe dir ein weißes Gedicht
so weiß, weißer geht es gar nicht

Nichtwörter in eisiger Pracht
auf weißem Papier, und der Winterwind lacht

wirbelt eine Ahnung von Botschaft fort
fegt alles durcheinander an diesem Ort

ich flüchte ins Schweigen, nichts hat Gewicht
und so schreibe ich mein weißes Gedicht

nicht

Das war's für heute. Schlaf gut, Enver.

Manu

E-Mail am 27. September

Lieber Enver,

jetzt weiß ich gar nicht, welche E-Mail-Adresse ich nehmen soll. Vorsichtshalber wieder beide? Ja, ich habe deine Mail zweimal erhalten. Besser zwei als keine… Ein bisschen Risiko… Ich nehme gmx.

Ich danke dir für deine liebe und lange Nachricht und alles, was du mit mir geteilt hast, das hat gutgetan. Die Idee ist superinteressant: Protagonisten aus der Literatur, die aufeinandertreffen. Aber sie verkörpern schon etwas, oder? Die gezeichneten Personen, ihre Darstellung, ihre Charakterisierung. Das, was sich entwickelt, wenn sie sich treffen, über Raum und Zeit hinweg, das wird spannend.

Ich sende dir liebe, von dunklen Regenwolken überschattete, herbstlich bunt angehauchte Grüße!

Manu

E-Mail am 28. September

Lieber Enver,

heute ist etwas Seltsames passiert, davon will ich dir berichten, es war nur kurz, aber es hat mich verfolgt, lässt mich nicht mehr los.

Der Donnerstag ist wie auch der Dienstag zurzeit ein Tag mit viel Unterricht bei mir. Ich fahre nachmittags meistens zu ein oder zwei Privatschülern und dann zu der Schule, wo die Schreibwerkstätten stattfinden. Kurz gesagt: ich sitze viel im Auto. Ich sollte auch noch erwähnen, dass ich in den letzten Monaten wieder viel übers Älterwerden, über den Tod, über das Sterben, über das Alleinsein und alleine leben nachgedacht habe. Das liegt daran, dass im Mai eine Freundin starb, im Juni, wie du weißt, mein Vater. Meine Mutter ist in einem Pflegeheim und es geht ihr nicht gut.

Wenn der Herbst beginnt, beschleicht mich meist ein seltsames Gefühl. Ich finde den Herbst sehr schön, aber mit einem Hauch Melancholie ist mir auch bewusst, dass danach dunkle Monate kommen werden, graue Tage und Traurigkeit, die sich ungefragt breit macht. Vor zwei oder drei Jahren schrieb ich das Gedicht >Ahnungslos<, in dem ich beschreibe, wie sehr ich mir wünschte nicht schon zu wissen, was kommen wird. Ich hänge es dir an.

Dort heißt es:

„Ich möchte staunen, staunen wie ein Kind,

ohne Vergleiche, ohne zu bewerten,

ohne ein gestern und ein morgen

[…]

Ich möchte nicht nachdenken, über den nächsten Winter, den nächsten Sommer

möchte nichts wissen, möchte nicht fragen wie viele Winter noch."

Und heute im Auto, zwischen Bonn und Meckenheim dann, erinnere ich mich plötzlich an das „Bild", dass das Leben wie ein Buch ist. Ein Buch, das wir selber schreiben und ich frage mich kurz, wie viele Seiten ich noch habe. Dann sehe ich das Buch in aller Deutlichkeit vor meinem inneren Auge, von dir gemalt. Genau dein Stil. Ein großes aufgeschlagenes Buch auf einem Tisch mit vielen vollgeschriebenen Seiten links und vielen leeren weißen Seiten rechts. Eine Ruhe durchströmt mich. Dieses Bild lässt mich nicht mehr los. Hast du es schon gemalt? Wirst du es noch malen?

Liebe Grüße von Manu

Anhang

Ahnungslos

Erinnerung an regennasses schmutziges Laub, an vergessene Blätter an kahlen Ästen,
an Wintersonne an einem eisblauen Himmel.
Herbst um mich herum und Ahnung von Winter.
Immer liegt eine Ahnung in der Luft und ich wäre so gerne ahnungslos.

Ich möchte staunen, staunen wie ein Kind,
ohne Vergleiche, ohne zu bewerten,
ohne ein gestern und ein morgen

Staunen über Regentropfen, kleine schillernde Perlen,
über Wolkenbilder und himmelblaue Lücken
staunen über bunte Blätter an bunten Bäumen
über Blüten, die dabei sind, sich zu entfalten.

Ich möchte nicht nachdenken, über den nächsten Winter, den nächsten Sommer
möchte nichts wissen, möchte nicht fragen wie viele Winter noch

Erinnerung an nebelige gewundene Waldwege, an bunte Blätter an müden Ästen,
an Herbstsonne an einem goldenen Himmel.
Sommer um mich herum und eine Ahnung von Herbst.
Immer liegt eine Ahnung in der Luft und ich wäre so gerne ahnungslos.

Ich möchte spüren, spüren wie ein Kind,
ohne Vergleiche, ohne zu bewerten,
ohne ein gestern und ein morgen

Ich möchte spüren, ihn spüren
den Wind auf meinem Gesicht, in meinem Haar,
den Schnee auf meinen Händen, auf meinem Kopf,
sie spüren, die Wärme auf meiner Haut, überall,
und deinen Kuss auf meinen Lippen

Ich möchte nicht nachdenken, über den nächsten Winter, den
nächsten Sommer
möchte nichts wissen, möchte nicht fragen wie viele Winter noch

Erinnerung an warmen nassen Sand unter den Füßen, an grüne
Blätter an starken Ästen,
an Sommersonne an einem wolkenlosen Himmel.
Frühling um mich herum und eine Ahnung von Sommer.
Immer liegt eine Ahnung in der Luft und ich wäre so gerne
ahnungslos.

Ich möchte staunen, staunen wie ein Kind,
ohne Vergleiche, ohne zu bewerten,
ohne ein gestern und ein morgen

Staunen über unglaubliche Schönheit und Farbenpracht
über große Sonnenblumen und kleine Blüten, die sich durch Ritzen
gekämpft haben
staunen über Steine die glänzen und Schmetterlinge die tanzen
über Regenbögen und Schneeflocken und Eisblumen

Ich möchte nicht nachdenken, über den nächsten Winter, den
nächsten Sommer
möchte nichts wissen, möchte nicht fragen wie viele Winter noch

Erinnerung an zögerndes buntes Erwachen, an Knospen an neuen
Ästen,
an Frühlingssonne an einem strahlend blauen Himmel.
Winter um mich herum und eine Ahnung von Frühling.

Immer liegt eine Ahnung in der Luft und ich wäre so gerne
ahnungslos.

Ich möchte staunen und spüren
jeden Tag neu
nicht nachdenken, nicht fragen, nicht wissen
in mir ist Frühling, Sommer, Herbst und Winter gleichzeitig und
durcheinander und nebeneinander.
Jeden Tag neu.

E-Mail am 6. Oktober

Lieber Enver,

wieder so ein schönes Bild! Ich habe dir letzte Woche nicht
geschrieben, obwohl ich nicht sicher war, ob du nur nicht
antworten kannst, oder ob du mich auch nicht lesen kannst.
Jetzt habe ich meinen Auftritt am Freitag bei einer privaten
Veranstaltung hinter mir und auch die Lesung gestern. Es war
so super!

>Der, der sie heute Abend sehen würde, auf der Bühne, der
ihren Worten lauschen würde, der würde sie entdecken in
ihren Texten, der würde sie kennenlernen. In den Momenten
war sie sie selbst und mochte sich am liebsten. Und dennoch
würde sie ihre Zuhörer in die Irre führen und ihnen die
Illusionen rauben: „Die Wahrheit", würde sie verkünden, „die
Wahrheit kann ich sogar erfinden!" Das Lächeln wollte gar
nicht mehr aus ihrem Gesicht verschwinden, als sie ihre Augen
schminkte. Sie würde ihre Zuhörer berühren, Worte würden
abgeschickt werden wie kleine Pfeile und viele trafen direkt
ins Herz. Auch diesmal, hoffte sie. Es spielte keine Rolle, wie
viele kamen. Und sie wusste ja auch nicht, dass sie zehn

Minuten vor ihrem Auftritt noch diesen unglaublich emotionalen Moment erleben würde, als ganz plötzlich und unerwartet ihre kleine Schwester den Saal betrat. Da versagte ihr die Stimme – was ihr anschließend, als sie im Rampenlicht stand, nicht passierte. <

Enver - schreib mir! Ich werde die Fotos deiner Bilder ausdrucken, wenn ich darf und sie aufhängen, ich finde sie so inspirierend. Wie geht es weiter?

Liebe Grüße

Manu

E-Mail am 8. Oktober

Lieber Enver,

du hast einmal geschrieben, dass da viel Traurigkeit zwischen meinen Zeilen schimmert. Ja, das stimmt. Es ist jetzt acht Jahre her, da starben mein Mann Marco und Lili, unsere kleine Tochter bei einem Autounfall. Meine Welt stand still. Mein Vater war da für mich. Ich glaube, ohne ihn hätte ich es nicht geschafft. Und vor nicht langer Zeit ist auch er gegangen. Aber auch das Schreiben hilft mir bei meiner Trauer. Immer wieder. Zwei Gedichte für dich. Ich schreibe dir gern.

Manu

Anhang

1. Gedicht

All die Worte, die es nicht gibt

Nichtwörter
breiten sich ratlos aus
von Tränen durchnässt
fließen fehlende Worte
haltlos aufs Papier
ein großes Warum
ohne Antwort
Ungesagtes legt einen
schmerzenden Zweifel
auf die Zukunft
der immer währt
alles zerfällt
eine untröstliche Pfütze aus Blut
ein Schmerz nicht teilbar
ihre letzten Gedanken
unvorstellbar
unfassbar die Lücke
die ihr Tod
in mein Leben
reißt.

2. Gedicht

Es gibt nichts zu sagen
und aus vergessenen Worten
webe ich hauchdünne
Trostpflaster für Wunden
die nie aufhören werden
zu bluten

1. E-Mail am 9. Oktober (8:56 Uhr)

Lieber Enver,

ich danke dir sehr für deine lieben Worte. Ja, es gibt Situationen, für die es keine Worte gibt. Und dann gibt es sie doch. Ich melde mich später noch einmal!

2. E-Mail am 9. Oktober (14.21 Uhr)

Da bin ich wieder, lieber Enver,

du, das würde ich auch gerne, am Strand lesen und der Musik der Wellen lauschen… die nie aufhören werden, schon da waren, bevor ich diese Welt betrat und noch lange und immer da sein werden, wenn ich schon lange gegangen bin... Ich bin Sternzeichen Krebs und fühle mich am Meer besonders wohl.

Das letzte Mal habe ich es vor knapp einem Jahr gesehen, die Ostsee im November – das letzte Treffen mit einer Schulfreundin, die im Mai, vor fünf Monaten also, verstarb. Immer wieder wirft der Tod Schatten auf mein Leben.

Es war ein schönes Schreibtreffen heute und dennoch – ich fühle mich leer und traurig.

Zu viele Dinge, die mein Ego beschäftigen; Menschen die mich ausnutzen, meine Grenzen überschreiten. Menschen, die nicht Wort halten, Enttäuschungen, Ablehnung. Und immer neu überlegen, wie geht es weiter, was mache ich? Zu viele Gedanken, zu viel Rotwein.

Morgen noch ein bisschen Unterricht, dann ein Wochenende, an dem ich für den Hospizverein arbeite: drei Schreibwerkstätten zum Kreativen Schreiben. Danach beginnen die Herbstferien und ich werde nach Krefeld fahren, ein letzter Besuch im Elternhaus, bevor es verkauft wird. Erinnerungen suchen, Erinnerungen ausweichen, Erinnerungen mitnehmen. Und Erinnerungen loslassen. Meine Schwester fährt mit, ein Glück.

Enver – du bist weit weg – ich weiß – weit weg – ich liebe es, deine Bilder anzuschauen und mir Träume auszudenken...

Eine vorsichtige Umarmung von Manu

E-Mail am 17. Oktober

Lieber Enver,

ich dachte schon, ich hätte dich verloren! Danke für deine Nachricht. Ja, auch die Dozentenfortbildung habe ich gut geschafft, aber die letzten Tage waren grau, meine Kraftlosigkeit deutlich spürbar, ich hatte Alpträume oder konnte nicht schlafen. Heute aber habe ich ganz viel Freude erlebt! Eine E-Mail, die mir mitteilte, dass ich es bei dem Literaturwettbewerb (Bonner Buchmesse Migration) mit meinem Beitrag geschafft habe, in die Anthologie zu kommen!

Ob ich zu den Preisträgern gehöre, weiß ich noch nicht, dennoch: ich freue mich so! Von einer Freundin habe ich viele schöne duftende Freilandrosen bekommen, sie schmücken meine Zimmer und zwischen all den anderen E-Mails deine Nachricht! Enver, deine Bilder sind wunderbar. Ich habe noch nie erlebt, dass mich Bilder so berührt haben, es ist, als würden sie vor meinem Auge stehen bleiben. Ich habe am Samstag beim Schreibfrühstück eins als Schreibimpuls genommen und wir haben jeder ein Märchen geschrieben. So schön!

Du bist ein toller Künstler!

Was hast du unterrichtet? Wie lange bleibst du noch in der Türkei? Ich würde dich gerne einladen zum Schreiben ... Wofür brauchst du "Schreib-Therapie"? Was und für wen? Ich schicke dir bald eine weitere Mail mit den wichtigsten Infos übers therapeutische und das Kreative Schreiben.

Brauchst du auch Tipps zu Büchern?

Ganz liebe Grüße von Manu

E-Mail am 19. Oktober

Lieber Enver,

ich danke dir für deine Nachricht und wieder zwei so schöne Bilder!

Das Kreative Schreiben (das therapeutisch sein kann) tut jedem gut, meiner Meinung nach. Ich würde dir gerne davon erzählen und du würdest meine leuchtenden Augen bemerken und meine Leidenschaft spüren. Darüber zu schreiben ist schwierig…

Geschrieben habe ich immer, mal mehr, mal weniger. Erst durch Marcos Unfall und der schwierigen Zeit danach habe ich mich dem Schreiben wirklich zugewendet. In der Therapie damals haben wir auch viel mit dem inneren Kind gearbeitet. Bei meinen Lesungen erzähle ich manchmal davon. Es fing an mit einer Geschichte über Gewalt an Kindern. Eine Idee einer Bekannten: „Schreib doch mal über Gewalt an Kindern!" Ich hatte Fragezeichen in den Augen. Wie soll ich… ? Einige Monate später schrieb ich sie, die Geschichte – es war meine Geschichte, über die Gewalt, die ich als Kind durch meine Mutter erlebte. Damit fing es irgendwie an. Dann besuchte ich Kurse und schrieb in einer Gruppe, ich lernte das Kreative Schreiben kennen.

Das wichtigste Buch war „Der Weg des Künstlers: Ein spiritueller Pfad zur Aktivierung unserer Kreativität" von der großartigen Julia Cameron. Ich weiß nicht, wie viele andere Bücher von ihr ich inzwischen schon gelesen habe!

Für mich begann ein neues Leben. Seit sieben Jahren schreibe ich nun die Morgenseiten – jeden Tag. Jeden Morgen, als erstes drei Seiten schreiben. Mit der Hand. (Und zwei Tassen Kaffee trinken.)

Das Kreative Schreiben ist prozessorientiert, nicht produktorientiert. Es ist wertfrei, das ist mir besonders wichtig. Es hat viele Facetten, ich konzentriere mich auf – warte, ich kopiere Dir einen Teil eines Vortrags...

„Wenn wir Ratgeber über Kreatives Schreiben lesen, so wird darunter hauptsächlich zweierlei verstanden: Entweder bekommen wir strukturierte Leitfäden für den Aufbau fiktionaler Bücher präsentiert oder Methoden, die therapeutisch wirken und zur Innenschau und Selbsterfahrung führen sollen. Beides hat seine Berechtigung, aber Kreatives Schreiben kann mehr sein!

>Kreatives Schreiben kennt keinen Rahmen, keine Regeln und keine Formen, es sei denn, es bedient sich welcher, um sich selbst zu nähren<

Wenn wir also einer Anleitung oder Schreibanregung folgen, wurden bereits Regeln und Rahmen festgelegt. Mit ihnen zu arbeiten, ist dann die kreative Aufgabe.

Ein wesentliches Merkmal des Kreativen Schreibens ist folglich die Freiheit hinsichtlich der Form, der Gestaltung und des Inhalts. Vor den Erklärungen und TIPPS (Unterricht) sollte es zuerst um Selbstausdruck gehen, vollkommen individuell und subjektiv. Frei von äußeren Ansprüchen schreiben – später können wir unseren Text in Form bringen. Sich selbst ausdrücken sollte aber auch vor allem bedeuten, dass wir uns der Sprache so bedienen, wie wir es für sinnvoll halten, mit ihr spielen und sie für uns persönlich ausloten.

Wenn wir beim kreativen Schreiben viel Freiheit genießen, müssen wir uns selbstbestimmt orientieren, wir sind also gefordert, unsere Phantasie anzuregen. Wenn das Schreiben uns anleitet, unserem individuellen Selbstausdruck zu folgen, müssen wir uns bewusstwerden, das setzt Erkenntnis voraus. Das Spiel mit Sprache kann sehr viel Spaß machen.

Das Anregen der Phantasie führt dazu, dass wir nach innen schauen und der inneren Stimme, den Gefühlen und der Intuition vertrauen. Wir nehmen unsere Umwelt anders wahr, sensibler vor allem. Das Erlangen, Sammeln und Analysieren von Erkenntnissen über uns selbst und unseren Ausdruck trägt zur Weisheit bei. Aus dem Spaß beim Kreativen Schreiben entstehen Gefühle des Glücks und der Zufriedenheit. Zusammengefasst:

Freiheit -> Phantasie -> Intuition und Wahrnehmung

Selbstausdruck -> Erkenntnis -> Weisheit

Spiel mit Sprache -> Spaß -> Zufriedenheit

Diese Informationen habe ich so aus einem kleinen Buch von einem Schreiblehrer namens Christoph Krelle. Dieses Modell hier nennt er „Das goldene Dreieck des Kreativen Schreibens", und so erkläre ich es gerne meinen Teilnehmern bei Kursen und Vorträgen.

Ich möchte dir gerne mehr darüber erzählen. Smiley. Mit dir schreiben. Noch ein Smiley.

Ich habe dir ein Beispiel angehängt.

Ganz liebe Grüße von Manu

Anhang

Klarheit

Klares Wasser umspülte ihre Füße und sie blickte hinab und stand ganz ruhig. Steine in vielen Farben und Größen glänzten, sie spürte sie, die glatte Oberfläche, unter den Füßen im kalten Wasser und es war ihr plötzlich, als könne sie nicht weitergehen, es war, als würden ihre Füße festfrieren, keinen einzigen Schritt mehr, alle Kraft hatte sie verlassen, sie bemerkte, dass sie nicht nur ihren Kopf hängen ließ, auch ihre Schultern zog es hinab. Wie von unsichtbaren Gewichten gezogen, als wäre sie mit Blei gefüllt, als hätte man sie aus Blei gegossen und hier hingestellt. Einfach so. Ganz ruhig. Gelbe, braune, graue, schwarze, weiße Steine im kalten klaren Wasser, das ihre Zehen umspielte, weiße erschrockene Zehen mit rosalackierten Nägeln, kleine farbige Punkte, die das Bild irgendwie störten, dachte sie, und im Kopf Gedankenwellen, sie tauchten auf, vermischten sich, bäumten sich auf, schlugen über ihr zusammen. Kalt, dachte sie. Hilfe, dachte sie. Ich weiß nicht weiter. Ich kann nicht mehr. Unbeweglich stand sie da. Der Wind kräuselte das Wasser leicht an der Oberfläche. Sie betrachtete das Wasser, sie beobachtete die Bewegung, die der Wind in ihr Bild brachte und währenddessen fielen die Gedanken aus ihrem Kopf, sie wurden gleich vom Wind weggetragen, weggeweht, und nach einer Weile fühlte sie sich leer, der Wind schien stärker, als hätte er eine Aufgabe, er spielte mit ihrem Haar, und als sie den Kopf ein klein wenig hob, streichelte er ihr Gesicht. Sie schloss die Augen, fühlte ihren bleischweren Körper, die kalten Füße konnte sie schon nicht mehr fühlen. Sie hob den Kopf noch etwas höher. Und noch etwas. Als sie die Augen öffnete, das Gesicht gen Himmel gerichtet, und ihr Blick auf all die dicken grauen Wolken fiel, die sich am Himmel auftürmten, entlangschoben, drängelten, spürte sie Tränen auf ihren Wangen. Dahinter ist ein blauer Himmel, flüsterte eine leise Stimme in ihr. Wir sehen immer nur einen Teil. Und irgendwie schaffte es in dem Moment ein kleiner Sonnenstrahl durch die dicke Wolkendecke und warf seinen

Lichtstrahl für einen kurzen Moment auf das Wasser, das zu glitzern anfing, viele kleine leuchtende Sterne tanzten auf dem kalten Wasser, unerwartet, vielversprechend.

E-Mail am 21. Oktober

Lieber Enver,

es ist schön, zu wissen, dass du an mich denkst... Vielleicht kann ich sie einfangen, deine Sätze, die ungeschriebenen...

Ich war eben joggen, dann schrieb ich das:

Ich laufe durch den Herbstwald,
er hat mir einen Teppich ausgebreitet
aus gelben und braunen trockenen Blättern
unter meinen schwerfälligen Schritten
raschelt das Laub, und Blätter
fliegen vorbei, segeln, schweben, fallen zu Boden
der sanfte Wind zieht sie von den Ästen
rüttelt leicht an den Zweigen
schüttelt die Bäume, lässt sie tanzen
Windraschelmusik erfüllt die Luft
ein Rauschen weht um mich herum
ein Hauch streichelt mein Gesicht
und ich wünschte plötzlich,
er würde das auch
mit meinen Gedanken machen
diese alten, verwelkten, verbrauchten
aus meinem Kopf wehen

sie vertreiben und Platz machen
für neue, frische, junge Gedanken
mutige, kraftvolle, unverbrauchte
bereit sich demnächst zu entfalten
und die Welt zu verändern
wenigstens meine Welt.

Liebe Grüße!

Manu

E-Mail am 29. Oktober

Lieber Enver,

ich wollte dir heute schreiben, ehrlich! Aber es ist schön, dass du mich rufst und weißt du was? Ich vermisse mich auch…

Ich bin erschöpft aus Krefeld zurückgekommen, aber vielleicht war ich das vorher schon. Und natürlich ist es belastend, in den alten Erinnerungen zu wühlen und noch belastender ist es, dass ich mit niemandem darüber sprechen oder weinen oder lachen kann. Doch, lachen schon. Meine jüngere Schwester war ja dabei und ich habe meinen Humor ausgepackt und wir haben immer mal wieder gelacht. Eigentlich will keiner meiner Geschwister irgendetwas damit zu tun haben. Und so hatte ich beschlossen, dass ich ein zweites Mal hinfahre und wieder zwei Tage bleibe – meine Schwester hat am ersten Tag schon abends den Zug nach Hause genommen. So wie beim ersten Mal mit den Büchern, wollte ich alle persönlichen Dinge meiner Eltern durchgehen und in Kisten packen. Fertig. Jetzt will ich nie wieder hin. Das Haus ist noch staubiger, die Erinnerungen noch dunkler und trauriger. Ich mag diese alte jammernde Frau im Altenheim nicht besuchen, ich mag nicht darüber nachdenken, was meine Geschwister denken und tun.

Ich möchte wieder Kraft haben und Lust aufs Leben und ich möchte mein eigenes Lachen wieder hören.

Aber sonst geht es mir gut.

Ich hatte dieses schöne Wochenende letztens mit drei Schreibworkshops und vielen netten Menschen, ein echtes Highlight. Davon möchte ich mehr! Ich werde wieder mehr schreiben, die Momente einfangen; hier hat in der letzten Nacht ein Sturm gewütet und an den Blättern gerissen, viele sind noch nicht bereit zu fallen, jetzt kämpfen dunkelgraublaue Wolkendecken gegen blaue strahlende Himmelflecken. Vielleicht ein Spiegelbild meiner Seele?

In den nächsten zweieinhalb Wochen bin ich als ehrenamtliche Helferin bei der Weltklimakonferenz in Bonn beschäftigt. Ich bin gespannt, ob ich das hinbekomme, das frühe Aufstehen ist ja nicht mein Ding.

Ich werde dir berichten. Was machst du so? Enver – schreib mir bald!

Alles Liebe

Manu

E-Mail am 1. November

Lieber Enver,

dein Satz geht mir im Kopf herum. Du stellst dir vor, wie ich spreche, lache und agiere... Wie ich morgens schreibe... du bist neugierig, wie meine Stimme klingt...

Ich tanze durch die Wohnung.

Ich halte alle Vorstellungen, alle Bilder, alle Wünsche, alle Träume in Schach. Das heißt, ich erlaube mir nicht, mir etwas vorzustellen. Du bist soo weit weg. Und wenn du zurückkommst, nach Berlin, bist du noch immer weit weg. Was soll ich träumen? Wirst du mich anrufen, wenn du wieder in Deutschland bist?

Was können wir sein, was können wir werden?

Ich träume mit offenen Augen von einem anderen Leben, von anderen Möglichkeiten. Die Vernunft sagt: keinen Widerstand gegen das, was ist. Die Vernunft sagt auch, du musst schreiben, damit es dir wieder besser geht. Ich weiß. Jetzt arbeite ich für die Weltklimakonferenz. Ich bin aufgeregt und gespannt und auch voller Angst, dass ich das nicht schaffe. Ich bin keine Frühaufsteherin. Vor 5.00 Uhr aufstehen, um noch zu schreiben? Mir ist kalt.

Ich arbeite von 7:00 bis 13:00 Uhr. Ich finde es aufregend, so viele Menschen, so viele Sprachen. Ich spreche Englisch, Spanisch, Deutsch. Ein junger Mann aus Palästina, eine Frau aus Kanada, eine junge Italienerin, wir sitzen nebeneinander an einem Tisch. Lunchbreak. Gestern war Motivationstag für alle Ehrenamtliche. Morgen werde ich über meine Aufgaben belehrt.

Spontane Entschlüsse, aufregende Ideen. Ich möchte mir vorstellen, wie du sprichst, wie du lachst, was du machst. Malst du? Wo? Wie oft? Und wie klingt deine Stimme?

Ich muss mir angewöhnen, früher schlafen zu gehen. Ich habe Angst vor den Träumen. Im Traum werde ich oft erschossen. Und ich wünsche mir Arme, die mich halten, wenn ich voller Angst aufwache.

Was machst du, Enver? Was denkst du? Erzähle es mir.

Liebe Grüße, ganz viele,

Manu

E-Mail am 7. November

Betreff: Sehnsucht nach Worten

Enver, schreib mir bitte!

E-Mail am 9. November (23:48 Uhr)

Betreff: Enver schreibt nicht mehr

Jeden Tag sehe ich deine Bilder,
die Fotos, die in meiner Wohnung hängen,
die, die in meinem Kopf abgespeichert sind

Enver, wo bist du?

Jeden Tag denke ich an die Worte,
die in atemberaubendem Tempo
Geschwindigkeiten zurücklegten

Enver, was machst du?

Jeden Tag erinnere ich mich an Worte,
die Träume malen konnten,
schöne Erinnerungen von morgen

Enver, wann meldest du dich?

Jeden Tag suche ich nach Antworten,
auf Fragen, die ich stellte
und nicht zu stellen wagte

Enver, was hindert dich?

Und hinter der Mauer wächst ein Zauberbaum in
atemberaubendem Blau.
Und eine kleine Schildkröte schielt zum Mond, als sie nicht
weiterweiß.
Und Buchstaben purzeln aus ungemalten Bildern...

E

n

v

e

r

Und da, wo das türkisblaue Wasser den lilablauen Abendhimmel berührt, ist eine nicht enden wollende Grenze ins Traumland. Dorthin werde ich reisen, in dem kleinen Papierboot, das du mir gemalt hast. Die Wünsche sind erstarrt auf den Holzpfeilern, die im Wasser stehen. Ich stelle mir die lange wackelige Holzbrücke vor, die nirgendwo anfängt, nirgendwo aufhört und nirgendwo hinführt. Der Schmerz fließt aus den Holzpfeilern ins Wasser, ich kann nicht in deine Seele schauen, aber Worte suchen, die meine Bewunderung zum Ausdruck bringen dafür, dass jemand etwas so Schönes malen kann. Werde ich mehr verstehen, je länger ich dieses Bild anschaue? Die Kunst als Vermittlerin des Unaussprechlichen. Sie ist Schmerz und Sehnsucht und helltürkise Hoffnung. Vielleicht wolltest du etwas anderes sagen. Hier vorne ist das Wasser dunkel, in der Tiefe lauert Gefahr. Das Boot ist aus Papier und wird mich nirgendwo hinbringen. Ich schwimme einfach weiter. Auch wenn ich weiß, dass ich die Linie in der Ferne nie erreichen werde. Wer weiß schon, was als nächstes geschieht? Und wenn ich untergehen muss, dann habe ich wenigstens ein Lächeln auf meinem Gesicht.

3 Jahre später

E-Mail am 20. November

… es ist soo lange her, und ich probiere es jetzt einfach, so oft denke ich an dich, lieber Enver!

Wir haben uns verloren, irgendwann sind irgendwo die für dich bestimmten Worte abgebogen, fremd geflogen, haben ihr Ziel nicht erreicht und vielleicht ist mit deinen Worten das gleiche passiert oder du hast beschlossen, nicht mehr zu antworten, oder es ist etwas ganz anderes passiert- ich weiß es nicht.

Manchmal quält mich das Nichtwissen. Aber du hast Spuren hinterlassen, deine Bilder bzw. Fotos davon hängen in meiner neuen Wohnung oder finden als Schreibimpulse einen Weg, auch andere Herzen zu berühren. Deine Bilder sind zum Weinen schön und berühren mich noch immer.

So hoffe ich, es geht dir gut und dein Leben ist groß und bunt und vielleicht erinnerst du dich ja an mich und schickst mir mal einen Gedanken.

Liebe Grüße

Manu

E-Mail am 24. November

Lieber Enver,

ich kann es gar nicht glauben, dass du mir geantwortet hast. Als ich deine Nachricht sah, traten mir Tränen in die Augen, als ich sie las, flossen sie. Ich bin noch immer emotional. Und so ein wunderschönes Bild!

Wie geht es dir?

Letztes Jahr hatte ich die Idee, eine Ausstellung Wort-Bild zu planen. Wir haben bei meinen Schreibtreffen zu den unterschiedlichsten Bildern geschrieben, es war sehr inspirierend. Aber es gibt in dieser Corona-Zeit keine Treffen mehr, jedenfalls nicht offiziell, und erst einmal keine Ausstellung. Wenn du magst, schicke ich dir einen Text, der zu einem deiner Bilder entstand.

Ich habe einige unserer alten E-Mails erneut gelesen, habe eine Zeitreise gemacht - ich habe alle Wörter, alle Bilder aufgehoben, alle Gedanken und Erinnerungen und will sie einweben in eine Geschichte. Jetzt, wenn ich wieder mehr Zeit zum Schreiben habe, zum Träumen, zum Ausprobieren, zum Leben.

Heute habe ich endgültig beschlossen, meinen Vertrag an der Schule nach dem Sommersemester nicht mehr zu verlängern. Das werde ich jetzt feiern!

Schreib mir bitte.

Wenn du magst.

Liebe Grüße von Manu

E-Mail am 1. Dezember

Lieber Enver,

ich schreibe dir einfach, ob du mich lesen willst, überlasse ich dir.

Der Winter ist nah, ich habe ein wenig Angst vor der Dunkelheit, vor der Kälte, der Winter ist für mich schwer zu ertragen. Schon jetzt sehne ich mich nach Mai, nach zartgrünen Blättern überall, nach Blütenvielfalt und kleinen weißen Wolken an einem weißblauen Himmel. Am Morgen hatte ich ein Schreibtreffen, Worte einfangen, ungewöhnliche Verbindungen schaffen, Gedanken zu einem Text weben. Ich liebe es.

Als Anhang ein Gedicht, das ich letztes Jahr zu deinem Bild schrieb. Es gibt noch zwei andere Texte zu diesem Bild. Du inspirierst mich. Noch nie haben sich Bilder so in meinem Kopf festgesetzt. Wie gerne hätte ich an dem Projekt "Ausstellung Wort-Bild" weitergearbeitet! Aber vielleicht kann ich irgendwann eine Online-Lesung machen und während ich lese, werden die Bilder gezeigt, die als Schreibimpuls dienten. Darf ich die Fotos von deinen Bildern zeigen? Ich möchte gerne deine Erlaubnis, bevor ich weiter plane.

Wie naiv war ich damals, mir Träume zu erlauben... All meine Worte, an dich adressiert, damit sie ein Ziel finden... Brauchen Worte Ziele? Wie viel ist passiert in den Jahren...

Lass es dir gut gehen!

Liebe Grüße von Manu

Anhang

Du schmückst dich mit bunten Stofffetzen
harmlos zittern sie im Wind
du reißt Leiber auf
leckst durstig an ihrem Blut
hoch und stolz stehst du
du bist Grenze
unüberwindbares Hindernis
kalt und hart bist du
unbiegsam
ein Ende für alles
was erwartet, erhofft, ersehnt
und erträumt wurde.

E-Mail am 4. Dezember

Lieber Enver,

dann ist es also doch ganz einfach, mich glücklich zu machen
- E-Mails von Enver machen mich glücklich, vor allem, wenn
sie unerwartet und plötzlich in eine Wolke von getrübter
Laune hineinplatzen... Weil wieder Seminare ausfallen, weil
wieder Treffen abgesagt werden, weil wieder ein Konflikt auf
mir lastet...

Ich hänge dir das Foto von deinem Bild und einen weiteren
Text dazu an. Und danke für deine Erlaubnis! Ich kann dir gar

nicht sagen, wie sehr mir deine Bilder gefallen. Und ich kann auch nicht sagen, warum. Das ist echt merkwürdig. Du hast also wirklich auch die alten Nachrichten wieder gelesen? Ja du, das war schön und wertvoll und ist es immer noch. Wenn ich wieder mehr Zeit zum Schreiben habe, webe ich eine Geschichte daraus, eine Novelle, voller Illusionen.

Es war also wirklich die Entfernung, ich hatte es geahnt. Weißt du was, wir schreiben uns einfach wieder und berühren uns mit Bildern und Worten, das tut gut in dieser schwierigen Zeit. 😊

Ich war erschrocken von deiner Zeitbombe im Bauch zu lesen, das muss schrecklich gewesen sein, so lange mit dieser Angst und Ungewissheit zu leben. Wie bist du damit umgegangen? Ich hatte vor vielen Jahren einen Tumor, als ich mit meiner Tochter schwanger war, und wusste nicht, ob ich das überlebe. Sollten wir nicht immer mit dem Gedanken leben, es könnte bald zu Ende sein? Zumindest haben mich diese Überlegungen dazu gebracht, der Schule mitzuteilen, dass ich aufhören werde. Ich will mich ganz meinem kreativen Tun widmen und das tun, was mich erfüllt. Du schreibst, dass du wieder malst - konntest du nicht malen in dieser schlimmen Situation? Ich werde mir die Fotos ausdrucken und dazu schreiben. Und irgendwann gibt es eine Wort-Bild-Lesung oder eine Wort-Bild-Ausstellung. Und du wirst mein Ehrengast sein!

Ich grüße dich ganz herzlich

Manu

Sein Bild

Und er war so vertieft in seine Arbeit, die Fläche, die Farben, die Kombinationen, das Blau, ja, vor allem das Blau, wie ein Fenster, das geöffnet wird und etwas hereinlässt, was anders ist, kalt, klar, frisch und die Linien so natürlich und die intuitive Verschmelzung, versunken in sein Farbenspiel, hörte er nicht, dass sie ihn riefen. Erst als der Vater zornesrot ins Atelier polterte, die bösen, abfälligen Sätze hervorstieß, die er schon so oft gehört hatte, die Beleidigungen, die ihn trafen wie Peitschenhiebe, wusste er, dass sie ihn gerufen hatten. Er entschuldigte sich zwar und beeilte sich, die Pinsel wegzulegen, aber die Wut des Vaters verschluckte seine Worte. Er folgte. Er verließ das Atelier, ohne sein Werk fertigzustellen und folgte ihm. Es war, als hätte sich Stacheldraht auf sein Bild gelegt und er musste schlucken und noch einmal schlucken, um zu verhindern, dass Tränen aus seinen Augen traten. „Verzeih, Mutter", sagte er und setzte sich artig an den Esstisch.

Anhang 2

Ich habe mich verlaufen
Ich habe mich verlaufen in meinen Erinnerungen.
So viele Bilder von Straßen, Mauern, Steinen.
So viele Irrwege, Umwege, Sackgassen.
So viele Ecken und Kanten, so viel Suchen und Finden.
So oft abgebogen.
So oft zurückgegangen.
So oft nach oben geblickt. Nach unten. Nach hinten. Nach vorn.
So oft weggeschaut.
So oft gestolpert, gestrauchelt. Gefallen.
Ich habe mich verlaufen. Verirrt. Geirrt.
So oft wieder aufgestanden nach dem Hinfallen.
So oft gelächelt, wenn mir nach weinen zumute war.
So viele Tränen geschluckt.
So viel vergessen. So vieles nicht verstanden.
Nicht gewusst. Nicht gekannt. Nicht gekonnt.
Ich konnte nicht umkehren.
Ich konnte nicht weitergehen.
Ich kann mich nicht erinnern.
Ich habe mich verlaufen in meinen Erinnerungen.
Wo bin ich? Niemand da. Steine. Mauern. Leuchten.
Sie leuchten nicht.
Wo sind die Blumen, wo sind die Farben?
Wo ist der Weg zurück? Der Weg zum Ziel?
Wo ist der richtige Weg? Gibt es einen richtigen Weg?
Einen, der so richtig ist, dass nichts an ihm falsch ist?
Ich laufe durch die Straßen und stelle die falschen Fragen,
finde nichts, nicht mal Antworten.

Staub auf meinen Schuhen.
Dieses Lächeln auf meinem Gesicht,
die Angst hat es festgeklebt.
Ich lächle auch noch, wenn ich Angst habe.
Zu viel Angst. Zu viele Schritte.
Kein Weiterkommen.
Meine Hände streicheln Mauern,
berühren Steine. Suchen Farben.
Verhüllte Menschen in meinen menschenlosen Straßen.
Eingepackte Erinnerungen.
Altstadt. Eine alte Stadt.
Staubig. Schmutzig. Eng. Farblos.
Sehnsucht nach Weite.
Nach Sonne. Nach Meer. Nach mauerlosen Zuständen.
Nach blauem Himmel.
Nach kühlem Wind und glitzernden Sternen.
Staub stattdessen. Auf meinen Schuhen.
Auf meiner Kleidung. In meinem Haar.
Staub von gestern. Von vorgestern.
Ich habe mich verlaufen in meinen Erinnerungen.
Glitzerbunte Freude ist aus dem Foto gefallen.
Ich habe sie nicht eingesammelt.
Oh mein Gott, ich habe sie nicht eingesammelt.
Ich würde sie so gerne auf meine Bilder streuen.
Auf all die Erinnerungen, durch die ich irre.

E-Mail am 8. Dezember

Danke, lieber Enver,

danke für deine Worte und danke für die Einladung! Wow! Ich dachte natürlich an ein neues Bild von dir, als ich den Anhang öffnete…

Es gibt also wieder eine Ausstellung von dir. Celine freut sich schon sehr, dass ich im Februar wieder mal nach Berlin komme, ich habe sie gleich angerufen. Aber weißt du was – ich möchte nicht zur Vernissage kommen, mich mit einem Sektglas in der Hand zwischen vielen Leuten vor deinen Bildern drängen, nein, ich komme an einem anderen Tag, ich möchte in Ruhe alle Bilder ansehen, ohne Trubel um mich herum. Wie du mich erkennst? Nun, ich werde die sein, die einen Bleistift aus der Tasche zieht und das Heft, das sie immer dabeihat, die sich vor Bilder setzt und die Zeit vergisst und schreibt…

Und vielleicht, Enver, vielleicht, werden wir uns diesmal begegnen.

Alles Liebe von

Manu

Freude

hat sich

in meinen Tag gewebt

leise leuchtend

an einem eiskalten

Wintermorgen

voller Wolken

ich tanze

durch mein Jetzt

einfach so

grundlos glücklich

TEIL 2

Wie geht es weiter, liebe Leserin, lieber Leser?

Werden sich Enver und Manu begegnen? Werden sie einander weiterhin schreiben? Werden sie vielleicht sogar eine Beziehung beginnen? Werden sie den Kontakt zueinander doch wieder verlieren? Wird Manu einen Ausgang finden aus ihrer Welt voller Illusionen? Du darfst mitentscheiden:

Nimm einen Würfel und würfele – für jede Zahl gibt es ein Ende. Also sechs verschiedene mögliche Enden. Wenn du eine 3 würfelst, liest du die Variante 3 für das Ende, beispielsweise. Du bzw. dein Würfel werden entscheiden, wie es weitergeht. Oder du liest alle Enden und suchst dir eins aus. Das geht natürlich auch.

Variante 1

E-Mail am 2. März

Liebster Enver,

nun bin ich also zurück aus Berlin, ganz gegen meine Gewohnheit habe ich meinen kleinen Koffer nicht gleich ausgepackt, er steht noch dort, mitten im Schlafzimmer. Ich wollte dir zuerst schreiben, meine Gedanken auf dem Papier ausbreiten, aber da ist ja kein Papier, ich zaubere sie auf einen Bildschirm, ich muss nichts ausstreichen, kann Wörter einfach löschen, sie neu schreiben, umstellen, andere wählen.

Ich habe den Laptop hochgefahren, aber dann bin ich wieder aufgestanden, bin durch meine Wohnung gegangen, habe alles betrachtet, geschaut, was sich verändert hat und weißt du was – alles hat sich verändert und dann wurde mir bewusst, nein, nicht alles hat sich verändert, ich habe mich verändert, ich bin mit anderen Augen zurückgekommen und jetzt ist alles anders, weil ich es mit anderen Augen sehe, kannst du mir das glauben?

Mein Herz fängt an zu klopfen, wenn ich an den Moment denke, als wir uns begegnet sind. Ich schaute auf von meinem Heft, wollte meine Augen noch einmal auf dieses faszinierende Bild richten, ich war wirklich versunken, obwohl ich irgendwie natürlich ständig mit ein paar heimlichen Gedanken bei der Möglichkeit war, du könntest kommen, plötzlich vor mir stehen – dann standst du plötzlich vor mir! Versperrtest mir den Blick auf dein Bild, du schautest mich ernst an, mit warmen Augen und unsere Blicke trafen sich und dann breitete sich ein Lächeln auf deinem Gesicht aus. Ich werde diesen Moment nie vergessen.

Als ich aufstand, fiel mein Stift zu Boden, erinnerst du dich? Und gleichzeitig bückten wir uns, da war eine Befangenheit, aber dann sagtest du einfach, da bist du ja! - und umarmtest mich. Danach war es so, als würden wir uns schon ewig kennen…

Mein Koffer ruft, lieber Enver, und einige Briefe wollen geöffnet werden, einige E-Mails gelesen, die meisten dann gleich gelöscht werden, meine Pflanzen haben Durst und ich auch! Ich rufe dich heute Abend an, wie versprochen!

Ich umarme dich!

Manu

E-Mail am 3. März

Liebster Enver,

ich muss dir weiterhin schreiben, auch wenn wir jetzt telefonieren, schreiben ist doch ganz anders, ist zeitloser, ist haltbarer und es ist schön, dass du gesagt hast, du liebst E-Mails von Manu! Ich liebe Bilder von Enver und ich muss dir noch einmal sagen, wie schön deine Ausstellung war! Da waren so viele Bilder, die ich nicht kannte und auch solche, in denen ich dich nicht erkannt habe. Danke, dass ich fotografieren durfte, ich habe schon eins ausgesucht, dass ich bei dem Schreibworkshop am nächsten Wochenende als Schreibimpuls verwenden möchte.

Ich wünsche dir von Herzen einen schönen Tag, Inspiration, Glücksmomente und wenn es heute nicht klappt, dann telefonieren wir eben morgen!

Manu

E-Mail am 4. März

Liebster Enver,

dieser Tag sieht nicht nach März aus. Der Wind peitscht Regen durch die Luft, rüttelt an leeren Bäumen und defekte Regenrinnen sorgen für Tropfmusik. Dann ist plötzlich alles still. Bevor der Wind erneut an den Zweigen zupft, ganz sanft zunächst und im nächsten Moment mit aller Kraft. Es liegt etwas in der Luft, ich spüre es deutlich. Irgendwo weht der Wind Gedanken fort, werden Samen des Friedens gepflanzt und irgendwo pflückt jemand Sonnenstrahlen vom blauen Himmel, um sie zu verschenken. Irgendwo überall.

Bis später! Ich umarme dich

Manu

Anhang

Irgendwo überall

Irgendwo weint gerade ein Junge, lacht ein Mädchen, schreit ein Baby.

Irgendwo ist eine Hand, die hält, eine Stimme, die tröstet, sind Worte, die nicht gehört werden und Worte, die wie Schläge sind.

Irgendwo ertönt ein Flüstern, wächst eine Hoffnung, lebt eine ungestillte Sehnsucht.

Irgendwo versteckt sich ein kleiner Käfer, rollt eine Träne zögernd, verstummt ein einsamer Schrei.

Irgendwo deckt der Schnee alles zu, schmilzt das Eis, versprechen Wolken zu regnen.

*Irgendwo ist jemand, der sucht und nie findet und jemand der findet, ohne gesucht zu haben,
jemand der aufsteht und jemand, der sich schlafen legt.*

*Irgendwo gibt es einen glücklichen Gewinner und einen traurigen Verlierer,
einen, der nicht weiterweiß, ein Zug, der sich verspätet und jemand, der nicht mehr warten will.*

*Eine Mücke, die den schnellen Tod findet, eine Brücke, die bricht,
ein verlockendes Essen, das nicht hält, was es verspricht.*

*Irgendwo wird gerade jemand vergiftet, jemand gerettet, jemand beraubt,
wird eine neue Idee geboren, ein Handtuch geworfen, ein Erfolg bejubelt.*

Ein Beweis gefälscht, ein Versprechen gebrochen, ein Ring versteckt.

*Irgendwo wird gerade ein Sinn gesucht und eine Hoffnung geweckt,
kümmert sich jemand um die Nadel im Heuhaufen und da ist jemand, der wird verrückt vor Angst.*

Irgendwo löscht die Feuerwehr einen Brand, schmiedet ein Gefangener Fluchtpläne,

erschlägt ein Mann seine Frau.

Irgendwo kommt ein Brief nicht an, kommt ein Auszubildender zu spät,

holt jemand die Kohlen aus dem Feuer.

Irgendwo wird ein Sieg verschenkt, ein Kampf abgesagt und ein Erfolg nicht verbucht.

Irgendwo verliert jemand den Halt, hackt eine Krähe der anderen ein Auge aus.

Irgendwo. Überall.

Und dann ist da noch der traurige Gewinner und der glückliche Verlierer.

Eine Sonne, die nicht aufgibt.

Überhastete Entscheidungen und verpasste Möglichkeiten.

Stifte, die sich müde schreiben.

Und Augen, die sich für immer schließen.

E-Mail am 6. März

Mein lieber Enver,

letzte Nacht habe ich von Frieden geträumt. Von Menschen, die verstehen wollen, statt zu verurteilen. Wir haben in der Sonne getanzt, Licht geatmet und unsere Herzen geöffnet. Dann bin ich aufgewacht. Alles war still. Die Sonne warf schon Licht auf die Wiese und ein Grünspecht hüpfte übers Gras. Alles war friedlich. Alles schien möglich. Ich habe das Radio lieber nicht angestellt.

Manu

E-Mail am 7. März

Liebster Enver,

und dann war es gestern doch zu spät, ich hoffe, wir können heute telefonieren. Es wäre wirklich schön, wenn es klappt mit deinem Besuch bei mir Ende März. Ich möchte dich so gerne wiedersehen, aber das weißt du ja. Wieder von dir umarmt werden. Bitte schick mir ein Foto von dem neuen Bild, bitte, bitte!

Allerliebste Grüße von Manu

E-Mail am 8. März

Mein lieber Enver,

eisgekühlte Sonnenstrahlen, ein ungeduldiger Wind, erste Vogelstimmen - eine Ahnung von Frühling in der Luft. Mein

Text über Frieden für dich. In einer Zeit, die alles andere als friedlich ist.

Dazu passt der Spruch von Amelia Earhart, den ich heute Morgen las: „Mut ist der Preis, den das Leben verlangt, wenn es Frieden mit dir schließen soll."

Eine liebevolle Umarmung

Manu

Anhang

Sehnsucht nach Frieden
ihr Leid ist auch unser Leid
ihr Schmerz ist auch unser Schmerz
ihre Tränen sind auch unsere Tränen
und nur wenn wir den Krieg beenden,
den Krieg in uns
wenn wir aufhören, andere zu verurteilen
und so tun, als wüssten wir,
was wahr und unwahr ist
was richtig und was falsch ist
nur dann kann es Frieden geben
jeder hasserfüllte Gedanke befeuert den Krieg!
Lasst uns unseren inneren Frieden finden
unser Herz öffnen
vergeben und verzeihen
auch uns selbst
und Liebe schenken, denn nur Liebe
kann all die Wunden heilen

E-Mail am 10. März

Liebster Enver,

"Gib nicht deinen Terminen Prioritäten, sondern deinen Prioritäten Termine." Diesen Satz von Stephan Covey habe ich aus einem Buch von Cay von Fournier gepflückt. "Das Geheimnis der Lebensbalance." Ganz wunderbar.

Ich freue mich so!

In meinem Kopf entstehen schon Pläne für unser gemeinsames Wochenende, ich überlege, welche Ausstellung dich interessieren könnte, wir werden nach Bonn fahren, das ist nicht weit, ich möchte dich in mein Lieblingsrestaurant führen, ich werde... ich möchte... Ich höre dich lachen...

Ich bin erst gegen zehn heute zu Hause, heute Abend, aber bitte ruf noch an!

Küsschen für dich!

Manu

E-Mail am 12. März

Liebster Enver,

es ist schon komisch, wenn wir mal nicht telefonieren. Danke für die Zwischendurch-Nachricht! Ich hoffe, es geht dir gut! Heute habe ich wieder einen Satz herausgepickt aus dem klugen Buch von Cay von Fournier:

"Veränderungen bewirken immer nur Menschen, die sich vorher selbst verändert haben. Erst durch eine neue Art des

Denkens entsteht eine neue Art des Handelns, und somit eine neue Art von Ergebnissen."

Ich glaube, der Satz eignet sich auch gut als Schreibimpuls, was meinst du?

Ich muss noch so viel machen heute…

Ich freue mich auf unser Telefonat,

Manu

E-Mail am 14. März

Mein lieber Enver,

Sonne auf meinem Tisch, strahlend schöne Blumen. Hm. Ich denke an die Frau neben mir, gestern Abend, bei der Veranstaltung. Sie wollte mich nach der Lesung des Öfteren in ein Gespräch ziehen während der anschließenden Diskussion, was mir unangenehm war. Sie war der Meinung, wir wären alle traurig, wir müssten doch alle traurig sein, zurzeit. Ich habe ihr widersprochen. Nein, meine Traurigkeit hilft niemandem in diesen Zeiten. Ein bisschen Lebensfreude, ein kleines Lachen, ein zuversichtliches Wort vielleicht schon.

Ach Enver, was ist das für eine Zeit!

Herzlichst

Manu

E-Mail am 15. März

Mein lieber Enver,

„Tun wir es der Natur gleich und stehen immer wieder auf, in der Aufgabe, das Gute zum Blühen zu bringen." (Beat Jan)

So soll es sein, die Farben explodieren da draußen, Vögel werfen ihre Töne in die Luft, es riecht nach Aufbruch, nach Veränderung. Endlich Frühling! Und wenn ich mal keine Worte habe, dann weiß ich, es werden neue kommen, so wie die bunten Blüten und Blumen da draußen, jedes Jahr neu, sie werden sich über mein Papier ergießen und leuchten, sie werden gute Gefühle anzünden und hoffentlich nach Frieden duften.

Allerliebste Frühlingsgrüße zu dir!

Manu

E-Mail am 17. März

Liebster Enver,

noch einmal Glückwunsch zu dem Verkauf! Ich freue mich für dich. Ich freue mich gerade über alles Mögliche, ich freue mich auf meine Schreibschüler heute Abend, ich freue mich über uns, ich freue mich übers Freuen, und ganz besonders freue ich mich auf unser Wiedersehen, Enver ich freue, freue, freue mich!

Umarmung! Küsschen!

E-Mail am 20. März

Mein lieber Enver,

es ist schön da draußen. Die Sonne schiebt die Schatten zur Seite, ein kleiner Wind lässt dünne Äste schaukeln und endlich haben die zartgrünen Blättchen überall beschlossen, sich zu entrollen, nur die der Bäume in meiner Straße, die wollen noch nicht. Erste Blütenmeere in den Vorgärten und wenn ich heute durch den Wald jogge, wird es nach Hoffnung riechen.

Bis schon ganz bald! Ich umarme dich

Manu

E-Mail am 21. März

Noch zweimal schlafen...

Dann sehen wir uns wieder. Enver, ich kann es kaum glauben, es mir kaum vorstellen, ich kann es kaum erwarten, wie schön, dass du schon am Donnerstag kommen kannst, so viel Zeit, die wir miteinander haben werden, so viel Platz für Umarmungen, für echte Umarmungen...

Ich umarme dich ganz fest!

E-Mail am 22. März

Noch einmal schlafen...

Eeeenver!

Variante 2

E-Mail an Tina, 16. Februar

Liebe Tina,

so jetzt bin ich angekommen, in der Großstadt, Berlin ist einfach klasse! Ich habe nach meiner Ankunft erst einmal tief Luft geholt, den Lärm und das Leben eingeatmet, geschaut, geschwiegen, mich gefreut. Und ich werde dich wie versprochen auf dem Laufenden halten. Celine macht gerade Abendessen. Du, ja, ich bin nervös, und ich verdränge dauernd den Gedanken daran, Enver zu treffen, weißt du, es ist vielleicht alles ganz anders als gedacht, als erträumt. Morgen ist Vernissage. Und da gehe ich natürlich nicht hin – obwohl – es würde mich reizen, mich mit einem Sektglas in der Hand zwischen vielen Leuten vor seinen Bildern zu drängen, unerkannt. Ich könnte sie mir ja an einem anderen Tag ganz in Ruhe noch einmal alle ansehen, ohne Trubel um mich herum. Und sie dann auch als Schreibimpuls nutzen. Er wird mich nicht erkennen, weil er nicht ahnt, dass ich da sein werde und ich werde auch keinen Bleistift aus der Tasche ziehen oder mein Heft, das ich immer dabeihabe, um zu schreiben…

Was meinst du? Soll ich meine Pläne ändern?

Celine lässt dich grüßen,

es gibt jetzt Abendessen,

liebe Grüße von Manu

E-Mail an Tina, 17. Februar

Liebe Tina,

ich bin noch immer unschlüssig. Celine meint, ich solle nicht gehen, lieber morgen früh, dann ist er wahrscheinlich nicht da, muss ausschlafen, ich könnte ganz in Ruhe schon mal die Ausstellung genießen. Oder er kommt, weil er mich unbedingt nicht verpassen will? Eine Zeit wählen, wo er wahrscheinlich anwesend ist? Aber dann ist es ein bisschen so, als würde ich einem Drehbuch folgen und dann werde ich merken, dass ich ganz bestimmte Erwartungen habe, und seien wir mal ehrlich, den Enver, den ich hier suche, den gibt es doch nur in meinem Kopf! Ich stelle mir einen Mann vor zu den Bildern und all den Worten, die ich von ihm habe, und ich bin erwachsen genug zu wissen, dass er ganz anders sein wird. Oder doch nicht? Wir haben ja schon letzte Woche beim Italiener darüber gesprochen. Ich weiß noch, als du sagtest, er hat vielleicht einen dicken Bauch und Mundgeruch und ist wie so viele Künstler narzisstisch und arrogant… Und dann hast du dich kaputtgelacht. Ich konnte nicht mitlachen! Ich will, dass er nicht so ist wie in deiner Vorstellung, sondern so wie in meiner! Vielleicht sollte ich ihn gar nicht treffen, dann kann er so bleiben, wie ich ihn haben will.

Wir frühstücken jetzt, bis später!

Manu

E-Mail an Tina, 18. Februar

Ach Schwesterchen,

die Welt ist so ungerecht! Wir haben hin und her überlegt, Celine und ich, fast einen ganzen Tag habe ich gestern mit „hin und her" verplempert! Es war kalt, Nieselschnee am

Nachmittag, aber wir haben uns dann zumindest in die Nähe der Ausstellung gewagt. Und nein, es gab keine schönen großen Fenster, wo man hätte hineinschauen können, versteckt, Blicke aus der Dunkelheit, Impressionen von da drinnen sammeln… Ein großes Tor. Eingang zum Gelände. Irgendwo jemand, der die Eintrittskarten kontrolliert. Alles in mir hat plötzlich „nein" gesagt. Celine schien genervt, ich habe sie zu einem Glas Wein eingeladen, es gab ein kleines Bistro ganz in der Nähe. Und dann hat plötzlich etwas in mir „ja" gesagt, nein, lach nicht, ich weiß, du hältst mich für bescheuert, Celine und ich hätten uns fast gestritten. Wir sind zurück und wir sind rein, und plötzlich stand ich mit einem Glas Sekt in der Hand vor dem Bild, von dem er mir neulich ein Foto geschickt hat, Tina – soo schön! Celine zog mich weiter, wir mischten uns unter die Leute – das klingt doch gut, so wie ein Maler Farbe mischt, mischten wir uns unter die anderen Anwesenden. Und dann hörte ich einen spitzen Schrei und eine blonde Frau lief auf einen Mann zu und warf sich ihm an den Hals. Und weißt du, was sie gerufen hat? „Eeeenver…"

Und mir ist fast mein Glas aus der Hand gefallen, aber er lachte und fing sie auf und glaub mir, er hatte so gar nichts mit dem Enver zu tun, den ich mir ausgemalt habe – schon gar nicht mit einer blonden Frau am Hals.

Wahrscheinlich war es blöd, einfach zu gehen, du lachst dich bestimmt kaputt über mich, nun hör schon auf zu lachen!!

Verschneite Grüße aus dem kalten Berlin von Manu

E-Mail an Tina, 19. Februar, 15:30 Uhr

Liebe Tina,

heute gehe ich noch einmal hin. Du hast ja recht. Aber ich nehme nichts zu schreiben mit, ich will ja gar nicht, dass er mich erkannt. Oder doch? Alles nach Drehbuch? Ich besuche die Ausstellung, schaue mir die Bilder an, suche mir ein Plätzchen, schreibe... und dann will ich wissen, ob er da ist, um mich zu suchen. Ich überlasse es wie geplant dem Zufall, ob wir zur selben Zeit in der Ausstellung sind. Ob ich mich auf die Bilder, aufs Schreiben überhaupt konzentrieren kann? Egal. Er sah so anders aus als erwartet... Egal.

Ich spitze jetzt meine Bleistifte und dann ziehe ich meine neuen Stiefel an und dann geht es los. Heute schneit es nicht, es regnet nicht, ab und zu schieben sich ein paar schüchterne Sonnenstrahlen durch die Wolken. Ein guter Tag. Wir haben ausgemacht, Celine und ich, einhundert Minuten bleiben wir. Ganz genau einhundert Minuten. Und danach – danach werde ich mir diesen Enver wahrscheinlich endgültig aus dem Kopf schlagen, ihn aus meinem Leben werfen...

Tschüüüüß, liebe Tina!

Manu

E-Mail an Tina, 19. Februar, 18:55 Uhr

Liebe Tina,

es ist als hätte ich kalt geduscht. Alles so unwirklich. Ich friere. Ja, er war da. Er war schon da, als Celine und ich eintrafen. Ich habe ihn gesehen, er erkannte mich natürlich nicht. Ich konnte mich gar nicht vor ein Bild setzen. Dann hätte er mich erkannt. Und während ich meine Zeit mal wieder mit „hin und her" verplempere, soll ich - soll ich nicht, während Celine und ich durch die Ausstellung gehen, meine Augen von Bild zu Bild wandern, mir warm ums Herz wird wie immer, wenn ich seine Bilder betrachte, während die einhundert Minuten anfangen zu vergehen, ich tief atme, um meine Nervosität zu besiegen, da sehe ich sie. Die blonde Frau. Ich will gehen. Mir ist schlecht. Celine will nicht. Sie bleibt. Einhundert Minuten, hatten wir gesagt. Aber sie gibt mir ihren Wohnungsschlüssel. Und so sitze ich jetzt hier und schreibe dir und warte auf Celine. Morgen komme ich zurück.

Ich drück dich!

Manu

E-Mail an Tina, 19. Februar, 22.10 Uhr

Liebe Tina,

wir haben eine Flasche Wein geleert, Celine und ich, also wundere dich nicht, wenn ich gelallt schreibe… Sie ist seine Schwester. Seine SCHWESTER! Ich habe gelacht, und auch ein bisschen geweint, als Celine mir das erzählt hat, aber dann wieder gelacht. Celine hat die echt angequatscht! Und auch mit Enver gesprochen…

Morgen gehe ich noch einmal hin. Wie dem auch sei, hicks – schlaf gut!

Manu

E-Mail an Tina, 20. Februar

Liebes Schwesterchen,

was doof anfängt, kann nicht gut werden. Ich bin hin. Er war nicht da. Ich habe mich vor ein Bild gesetzt. Ich habe geschrieben. (Anhang!). Dann bin ich wieder durch die

Ausstellung. Und plötzlich war er da. Und ich hatte keine Lust auf Drehbuch und bin zu ihm hin und habe ihn angesprochen. Und Worte wurden gereicht und sie fühlten sich falsch an, es waren einfach nicht die richtigen Worte, mein Herz hatte sich zusammengezogen und er stammelte ein bisschen, ich konnte nicht glauben, dass dieser Mann all die schönen Bilder gemalt hat. Ich wollte nur weg, und dann war ich weg, draußen war es noch kälter als zuvor, hätte ich Tränen gehabt, wären sie auf meinen Wangen festgefroren, ich fühle mich dumm.

Komm mir jetzt nicht mit dem blöden Spruch von Krone richten… Ich packe meinen Koffer. Danke, dass du mich am Bahnhof abholst!

Manu

Anhang

Dein Schweigen

Du hattest es versprochen. Nach der Operation wird alles gut und du kannst wieder sehen. Ganz klar. Und du wirst wieder dort sitzen, an deinem Lieblingsplatz auf der Terrasse und in Büchern lesen, ganz ohne Probleme, hattest du gesagt, und ich, ich hatte dir geglaubt. Ich hatte deine Hand gehalten bis die Narkose mich forttrug und nicht eine Sekunde habe ich daran gezweifelt, dass es stimmt, was du sagst. Du hattest Unrecht.

Ich sitze hinten im Auto, denn ich mag nicht neben dir sitzen. Ich ertrage dein Schweigen nicht, dein vorwurfsvolles Schweigen, als ob ich etwas dafürkann, dass du nicht Recht hast. Er hat mit den Schultern gezuckt, der Arzt, aber das konnte ich nicht sehen, nur ahnen. Und eine Erklärung hatte er nicht. Gestammelte Worte, die ich mir nicht zusammenreimen konnte, warten wir ab, das wird schon, organisch alles in Ordnung. Psychisch vielleicht. Na klar. Es lag an mir. Und jetzt?

Ich sitze auf dem Rücksitz und blicke aus dem Fenster. Alles ist verschwommen. Alles ist heller, aber nichts ist klar. Ich höre den Regen, aber ich sehe ihn nicht. In meinem Mund sammelt sich Wut wie Spucke, ich will sie ausspucken, diese Wut, denke ich, hässliche Wörter schreien, aber ich bin brav. Ich spucke nicht. Ich weine nicht. Ich jammere auch nicht. Ich glaube alles, was du sagst. Ich will zurück in meine Nacht, wo die Dunkelheit dominierte und die Hoffnung lauerte. In jeder Ecke. Jeden Tag. Ich weiß nicht, was ich jetzt machen soll. Denn die Hoffnung ist abgereist. Sie hat den Zug genommen, als ich auf dem Weg ins Krankenhaus war, ist sie abgebogen, ist sie ausgestiegen. Ich denke in Bildern. Verschwommen. Keine Klarheit. Und du schweigst dein vorwurfsvolles Schweigen. Wie wird sich mein Sehen verändern?

Er wollte mir Hoffnung mit auf den Weg geben, dieser stammelnde Arzt, wie ein Stück Torte, hat er sie mir angeboten, denke ich jetzt, aber ich habe abgelehnt. Nein danke. Hätte ich doch wenigstens von der Torte gekostet, denke ich. Ein kleines Stück Hoffnung probiert. Wir sind stehengeblieben. Das muss eine Kreuzung sein, vielleicht eine Ampel. Der Blinker tickt. Der Regen tropft. Ich blicke in deine unscharfe Welt, sortiere hell und dunkel und lasse grün herein. Warum habe ich meine Welt verlassen, denke ich. Und das Schweigen im Auto wird so laut, dass es mir weh tut.

Variante 3

E-Mail am 25. Februar

Lieber Enver,

nun bin ich also zurück aus Berlin. Ich habe deine Bilder gesehen und bestaunt, mich berühren lassen, es ist so anders, ein Bild zu betrachten als ein Foto von einem Bild. Deine Ausstellung ist toll. Ich war jeden Tag da, vier Tage hintereinander. Immer wieder habe ich mir die Bilder angeschaut, mal waren einige Menschen dort, mal war ich ganz alleine. Ich war jeden Tag ein bisschen trauriger, aber das wollte ich mir nicht eingestehen. Ich habe jeden Tag geschrieben, mal habe ich andere Bilder gewählt, mal eins wiederholt als Schreibimpuls genutzt. Ich habe gehofft, ich habe heimlich gewartet Ich habe dich nicht gefunden, Enver, was hat das zu bedeuten? Ich war lange dort. Stundenlang. Wo warst du? Keine Nachricht. Ich habe nicht erwartet, dich nicht zu treffen, das ist mir jetzt klargeworden. Keine Nachricht von dir, dort nicht, hier nicht. Keine E-Mail.

Bitte schreib mir.

Ich möchte dir danke sagen, für all die schönen Bilder. Für all die schönen Texte, die zu deinen Bildern entstehen durften. Und ich träume noch immer davon, dass es irgendwann eine Wort-Bild-Lesung oder eine Wort-Bild-Ausstellung gibt.

Deine Bilder, meine Worte. Und Menschen, die sich berühren lassen. Nur von dir als Ehrengast träume ich nicht mehr.

Liebe Grüße

Manu

E-Mail am 28. Februar

Hallo Enver,

der Himmel ist grau und liegt wie eine schwere Decke auf meiner Stadt, meiner Wohnung, es sieht nicht nach Schnee aus, nicht mal nach Regen, mir geht die Kraft aus, ich kann nicht mehr positiv denken, ich kann es einfach nicht!

Die Traurigkeit hat ihre Finger nach mir ausgestreckt. Und Sorgen mache ich mir. Und meine innere Kritikerin tobt, so ein Quatsch, sie beschimpft mich als realitätsfern, als Träumerin, als Spinnerin... Aber vielleicht bist du krank. Ich mache mir Sorgen und ich ertrage die Ungewissheit nicht.

Ich habe kurzfristig ein Achtsamkeits-Wochenende gebucht. Meditation, Entspannung, Klangschalentherapie. Ich möchte meine Mitte wiederfinden. Mich von Illusionen verabschieden. Dieses dumme Durcheinander in meinem Kopf und in meinem Herzen beenden.

Ich hoffe, es geht dir gut, Enver.

Manu

E-Mail am 21. April

Lieber Enver,

es ist ein seltsamer Tag, deine Nachricht eine so schöne Überraschung. Ich habe versucht, es einfach zu akzeptieren. Wir wollten uns treffen, wir haben uns verpasst. Jetzt erfahre ich, wie schlecht es dir ging. Dass du gleich nach der Ausstellungseröffnung ins Krankenhaus musstest. Von deiner Operation. Ich glaube, ich habe es geahnt.

Gestern war ich auf einer Party, wo ich niemanden kannte, aber ich blieb lange, lachte viel, redete mehr als sonst, lernte interessante Menschen kennen. Heute Morgen saß meine innere Kritikerin an meinem Bett, was habe ich gesagt, wie viel habe ich getrunken… sie mischt sich zu oft ein. Ich habe mich umgedreht und weitergeschlafen.

So bin ich. Alles muss ich hinterfragen. Es ist so schwer, einfach zu genießen. Oder einfach nichts zu tun. Heute Abend fliehe ich in den Wald. Meine Gedanken werde ich zu Hause lassen. Kurz vor dem Dunkelwerden ist der Wald leer, gehört er mir. Keiner wird meine Gespräche mit den Bäumen belauschen. Keiner wird mich davon abhalten, Kraft zu atmen. Enver, ich wünsche dir von Herzen gute Besserung!

Herzliche Grüße von

Manu

Anhang

Angst oder Liebe
sie nähert sich unbemerkt
plötzlich ist sie da
wirft ihren Schatten über mich
wie ein Netz
ihre Hände sind kalt
und wenn sie sie nach mir ausstreckt
fangen meine Gefühle an zu frieren
und meine Gedanken
werden schwer
und starr
und undenkbar
schwarz ist sie
die Angst
schwarz und groß und unbrauchbar
ich schüttle sie ab
ich ziehe sie aus
ich werfe sie weg
vertraue
flüstere ich mir zu
ich öffne mein Herz
ich habe schließlich die Wahl
ich habe immer die Wahl:
Angst oder Liebe

E-Mail am 26. April

Lieber Enver,

danke für deine Worte. Du hast natürlich Recht, zwischen Angst und Liebe pendeln wir - aber wenn wir wissen, dass wir eine Wahl haben, dann sind wir nicht so hilflos. Dann können wir uns die Angst anschauen und vielleicht mehr Liebe zulassen. Aber wir haben ja auch Angst vor der Liebe...

Ich habe bis zum Einbruch der Dunkelheit noch auf meiner kleinen Terrasse gesessen. Es ist noch so warm, die kleinen Wolken wurden langsam grau, kein Wind. Ich habe nachgedacht, über mich und meine Freude, von dir zu hören. Warum deine Bilder so geradewegs in mein Herz gehen. Und warum ich gleich so viele Worte habe und sie dir mitteilen will, bewerfen will ich dich mit meinen Worten, und wie schön die Illusionen auch waren - oder sind - die mit dir verbunden sind. Es ist, als ob ich eine Figur in einem Buch bin. Oder in einem Film. Du tauchst auf und ich bin wieder diese Person. Jung. Lebendig. Ideenreich. Kreativ. Voller Illusionen. Oder es ist einfach so, dass meine Seele deine Seele schon ganz lange kennt, wer weiß das schon?

Und dann kamen die Fledermäuse. Abends besuchen sie mich, jeden Abend schauen sie vorbei. Es sind zwei und ich schaue ihnen gerne zu, es ist, als ob sie fliegend tanzen oder tanzend fliegen. Es ist nicht einfach, sie mit meinem Blick einzufangen. Schnell sind sie, aufgeregt wirken sie. Ich liebe meine kleinen Fledermäuse. Und ich liebe Nachrichten von Enver. Wenn du magst, schreibe mir aus der Türkei. Ich hoffe, du erholst dich gut.

Ich umarme dich auch! Manu

Variante 4

E-Mail am 22. Dezember

Liebe Celine,

danke für deine liebe Nachricht. Du klingst gut und ich freu'
mich für dich! Ja, du hast Recht, es wird Zeit, dass wir uns
wiedersehen. Und um auch gleich deine Frage zu
beantworten: nein, ich habe nichts mehr von Enver gehört. Ich
habe es auch nicht erwartet. Aber ich habe es gehofft,
zugegeben! Nun ja. Wir werden sehen, was der Februar
bringt... auf jeden Fall freue ich mich auf Berlin und darauf,
dich wiederzusehen. Aber bis dahin ist ja noch eine Weile. Lass
uns nicht über Weihnachten reden! Marcos Mutter hat mich
eingeladen, ich werde sie am ersten Feiertag besuchen.

Das Wetter ist nicht winterlich und nicht weihnachtlich, das
Wetter ist einfach – grau, nass, kalt, dunkel... Ich habe mir
angewöhnt, abends noch ein bisschen spazieren zu gehen.
Eine halbe Stunde, eine Stunde... Und ich mag das. Überall
Lichter. In diesem Viertel lassen einen die Menschen in ihre
Wohnräume schauen. Einen Blick werfen auf ihre hohen,
gefüllten Bücherregale, auf ihre Gemälde an den hohen
Wänden und jetzt auch auf ihre großen, prächtig beleuchteten
Weihnachtsbäume.

Letzte Woche ist in das Haus gegenüber ein neuer Mieter
eingezogen. In die Wohnung von der alten Frau, die gestorben

ist, ich hatte dir davon erzählt, oder? Das war witzig, die Straßen vereist, der Möbelwagen hat die Straße versperrt – ich habe einfach Kuchen gebacken und auf der Straße verteilt. Er heißt Tobias und hat ein Klavier.

Schöne Weihnachtstage! Ich beneide dich um die Woche im Schnee!

Bis bald

Manu

E-Mail am 27. Dezember

Liebe Celine,

vielen Dank, dein Päckchen ist angekommen und das ist auch nach Weihnachten noch eine ganz superliebe Überraschung! Das Buch kenne ich nicht und ich freue mich, und von den chocolates habe ich gleich genascht! Du bist eine Liebe – daher will ich auch gleich meine Neuigkeiten mit dir teilen. Du bist wahrscheinlich noch dabei, alles für die Woche in den verschneiten Bergen zusammenzusuchen. Also – ich wollte am 1. Feiertag zu Marcos Mutter. Stieg in mein liebes kleines Auto, steckte den Schlüssel ins Schloss, drehte ihn herum – ein kraftloses Knarren. Stille. Ich probierte es noch einmal – ein Minigeräusch – Stille. Ich wollte es nicht glauben. Mein Auto hat mich in all den Jahren noch nie im Stich gelassen. Ein dritter Versuch. Ohne Erfolg. Okay, ich brauchte eine Lösung für dieses Problem. Dann kam zufällig (?) Tobias (du erinnerst dich? der neue Nachbar?) vorbei und gab mir Starthilfe. Der Besuch bei Marcos Mutter… darüber möchte ich nicht sprechen. Es ist schwer. Wie viel Kraft ich brauche, nicht in ihre unendliche Trauer gesogen zu werden! Abends hatte ich Glück, ihr Nachbar half mir, das Auto wieder zu starten. Morgen habe ich einen Termin in der Werkstatt, ich glaube, ich brauche eine neue Batterie. Natürlich habe ich mich bei Tobias bedankt, morgen brauche ich auch noch einmal Starthilfe… Wir gehen dann abends was trinken.

Ich wünsche dir einen schönen Urlaub!

Liebe Grüße

Manu

E-Mail am 2. Januar

Liebe Celine,

ich hoffe, du bist gut ins neue Jahr gestartet! Mit viel Schnee und viel Feuerwerk und viel Sekt und allem, was sonst noch dazu gehört!

Du, ich habe auch gefeiert! Tobias hat eine Party gemacht – Einweihung und Silvester, das passte ihm ganz gut. Ich wollte erst nicht, aber dann dachte ich, ich sollte mal aufhören mich dauernd zu verkriechen, und eine Party in der Nachbarschaft, warum nicht, da bin ich schnell zu Hause, wenn ich nicht mehr mag, notfalls kann ich kriechen…

Und dann war die Party richtig gut! Tobias ist drei Jahre jünger als ich und kennt viele Leute, vor allem Musiker. Er selber spielt Klavier – aber wie! Okay, nicht an dem Abend. Nur später, ein bisschen. Das war so gegen drei. Da hatte ich schon ziemlich viel getrunken, war traurig und glücklich zugleich und konnte mich nicht entschließen zu gehen... Wir haben getanzt. Ich habe die Zeit vergessen. Ich habe die Vergangenheit vergessen.

Celine, er geht mir nicht mehr aus dem Kopf. Es ist nichts passiert, nein – oder doch? Gestern Abend hat er angerufen. Er wollte nur wissen, wie es mir geht. Und ob mir die Party gefallen hat. Und ob ich Lust hätte, mit ihm essen zu gehen. Ich bin verwirrt. Das ist gut, denn dann kann ich schreiben.

Magst du mein Gedicht lesen? Für den Fall habe ich es angehängt.

Liebe Grüße von Manu

Anhang

Bei dir geht das
ich habe ganz viele Worte
für dich
ich habe sie noch nicht
aufs Papier gebracht
manche Worte
lege ich lieber
in einen Blick
in eine Berührung
in eine Umarmung
manche Worte
wollen nicht
geschrieben werden
noch nicht.

E-Mail am 6. Januar

Liebe Celine,

danke, dass du dich zurückgemeldet hast. Es tut mir leid, dass du schon wieder darüber nachdenkst, dich von Stefan zu trennen. Ich hatte gehofft, der Ausflug in den Schnee würde euch guttun. Was soll ich sagen? Wollen wir am Wochenende telefonieren, wenn er in Wien ist?

Und du fragst, ob mein Besuch bei dir im Februar in Gefahr ist. Ich will ehrlich sein – ich weiß es grad nicht. Ich habe an Enver geschrieben. Ich habe ihm ein Gedicht geschickt. Letzte Woche hatte ich ein Gedicht von Rose Ausländer als Schreibimpuls, zwei Sätze habe ich daraus gezogen, „Du kannst zaubern" und „Dein Wort ist eine Welt" und dann habe ich losgeschrieben. Es ist voller Sehnsucht und voller Traurigkeit. Ich komm grad nicht klar und möchte in eine Zauberwelt flüchten. Ich kann Enver nicht vergessen, aber Enver antwortet nicht. Sicher ist er viel zu beschäftigt. Oder krank. Ich sollte das alles loslassen, denke ich manchmal. Warum an diesen Illusionen festhalten? Aber es ist ja nur ein Besuch seiner Ausstellung geplant. Sonst nichts. Zu dir komme ich auf jeden Fall! Wenn nicht im Februar, dann ein anderes Mal.

Alles Liebe

Manu

E-Mail am 11. Januar

Liebe Celine,

hast du es Stefan schon gesagt? Natürlich darfst du das Gedicht lesen. Ich hänge es dir an. Und du wirst es nicht glauben: Enver hat geschrieben. Nicht viel. Dass er gerne E-Mails von mir erhält, dass ihm mein Gedicht gefällt, wie ihm alles, was ich schreibe gefällt. Lobenswert, hat er gesagt und ich musste ein bisschen schmunzeln über dieses Wort. Wie immer habe ich total emotional reagiert.

Und nein, ich habe Tobias nichts von Enver erzählt, warum auch. Aber vielleicht mache ich das. Wir wollen am Samstag spazieren gehen.

Und jetzt muss ich durch die nasse Kälte, durch das endlose Grau. Ich habe gleich Unterricht. Ich glaube, das Schreibtreffen morgen muss ganz bunt werden. Wir brauchen nicht nur Kerzen und Tee und Stifte, die übers Papier fliegen, wir brauchen Farben; vielleicht lasse ich zur Abwechslung mal auf farbiges Paper schreiben, vielleicht finde ich bunte Impulse...

Grüße zu dir, bunt und leuchtend!

Deine Manu

Anhang

Zauberwelt

Du kannst zaubern
dein Wort ist eine Welt
zaubere mir eine Welt
ich schließe die Augen
lausche deinen Worten
Welten entstehen
sanfte Wellen, hohe Berge
du kannst zaubern
ich kann fliegen
ich fliege durch die Welt deiner Wörter
eine helle Welt
eine zauberbunte Welt
eine zauberschöne Welt
neue Welten durch neue Worte
lass mich frei
ich möchte die Augen nicht wieder öffnen
möchte bleiben dort
wo es zauberschön ist
deine sanften Worte
in meinem weit aufgerissenen Ohr
Worte sollen hineinkriechen
keins will ich verpassen
bitte hör nicht auf zu reden
zaubere neue Worte
zaubere neue Welten
wenn ich die Augen öffne
begegnet mir Grau und Kälte
und Hass und Verständnislosigkeit
da ist nur Hoffnungslosigkeit

und meine Augen weigern sich
und meine Ohren weiten sich
erzähl mir von dem
an das ich mich erinnern will
zaubere mir eine Welt
voller Liebe, voller Lachen
sonnige Schneeflocken
nasse Sonnenstrahlen
in einer liebevollen Zauberwelt
gibt es keine Schatten
denn alles ist licht
du schweigst
meine Ohren schmerzen vor Sehnsucht
nach deinen Worten
du hast Erinnerungen gezaubert
und unglaublich schöne Bilder gemalt
mit deinen Zauberworten
meine Augen öffnen sich nicht für das Grau
meine Augen wollen bleiben in
bunten Erinnerungen und Fantasien
sie wollen sehen
was es nicht gibt
und langsam begreife ich
dass du ausgezaubert hast
ich vermisse dich, mein Freund
mein Zauberer
deine Welt, gemalt von Worten
die es nie zuvor gab
ja, du bist ein Zauberer
und in meiner Erinnerung
zauberst du noch immer

E-Mail am 19. Januar

Liebe Celine,

Tobias hat mich total überrascht! Erst die kleine Rose an meinem Auto, die fast erfroren wäre. Und gestern kam er mit Konzertkarten. Martin Herzberg live! Ich fasse es nicht. Keine Ahnung, woher er wusste, dass ich mir das wünsche… Er hat mich gefragt, ob wir ein Wochenende daraus machen können. In Köln übernachten. Ich habe einfach ja gesagt. Wir sehen uns inzwischen fast jeden Tag. Und mein Herz schlägt höher, wenn ich ihn sehe. Er drängt mich nicht. Ich dränge mich auch nicht. Unsere Gespräche sind lang und tief und manchmal lustig. Wir können auch schweigen. Es gibt nicht viele Menschen, mit denen ich gut schweigen kann. Aber mit Tobias ist es einfach. Wir gehen Hand in Hand und schweigen gemeinsam.

Ich ruf´ dich bald wieder an!

Es grüßt dich, verträumt lächelnd,

Manu

E-Mail am 28. Januar

Liebe Celine,

entschuldige, dass ich jetzt erst antworte. Du hast ja Recht, ich muss mich mal entscheiden. Ob ich komme, wann ich komme… ich habe auch schon überlegt, ob ich Tobias frage, ob er mitkommen möchte. Aber der Gedanke an Enver und seine

Bilder und dann Tobias neben mir – das geht irgendwie gar nicht. Ich habe dauernd das Gefühl ich muss mich entscheiden... So ein Quatsch. Oder?

Aber jetzt ist erst einmal das Konzert-Wochenende. Ich bin so unentschlossen, mal hüpft mein Herz und ich tanze durch die Wohnung, mal hält eine kühle Hand mein Herz fest... Ich kann das nicht, denke ich dann. Ich kann mich nicht einlassen. Und dann kommt Tobias und alles fühlt sich wieder für eine Weile ganz leicht an.

Eine Umarmung von Manu

E-Mail am 31. Januar

Liebe Celine,

ich habe dich telefonisch nicht erreicht. Aber ich muss dir meine Neuigkeiten mitteilen. Das Konzert war mega! Das Wochenende war mega! Ich habe mich entschieden. Ich habe „ja" gesagt: zu einer Beziehung mit Tobias. Ich will es wagen. Aber damit habe ich auch „nein" gesagt: zur Vernissage, zu meinem Besuch bei dir im Februar. Sorry! Wie wäre es, wenn wir um Ostern rum gemeinsam kommen? Celine, du musst Tobias kennenlernen!

Ich versuche es morgen wieder per Telefon...

Manu

P.S.: Celine, zum ersten Mal nach langer Zeit bin ich richtig glücklich! 😊

Variante 5

E-Mail am 15. Januar

Lieber Enver,

Celine hat mir geschrieben, dass die Ausstellung abgesagt wurde. Was ist passiert?? Jetzt weiß ich gar nicht, ob ich nach Berlin fahren soll. Ich hoffe, es geht dir gut. Bitte schreib mir. Ich habe ein komisches Gefühl.

Alle guten Wünsche für dich!

Manu

E-Mail am 22. März

Lieber Enver,

ich habe Celine in Berlin besucht und es war komisch – nach Berlin zu fahren und nicht mit dir verabredet zu sein, keine Ausstellung, keine Nachricht, keine Hoffnung auf eine Begegnung mit dir. Trotzdem war es schön, mit Celine Zeit zu verbringen. Sie wird Berlin verlassen, ein Job-Angebot in Dublin lockt.

Ich kann dich nicht vergessen. Ich wünschte, ich wüsste, was passiert ist.

Liebe Grüße

Manu

E-Mail am 13. Dezember

Lieber Enver,

so lange… Heute Nacht hat es geschneit. Fast unbemerkt wirbelten Schneeflocken ganz plötzlich kurz vor Mitternacht durch die Straßen. Der Wind hat mit ihnen gespielt und ich habe meine Stiefel angezogen und meine dicke Winterjacke und bin nach draußen. Ich habe Fußspuren auf den Straßen hinterlassen und unter den Straßenlaternen getanzt. Ich habe Schneeflocken beobachtet, gefangen, probiert. Als ich heute Morgen aufgestanden bin, war schon kaum noch Schnee da, mein Spaziergang eine unwirkliche Erinnerung. Vielleicht habe ich alles nur geträumt. Ich schreibe. Ich schreibe mich durch die dunklen, festlich beleuchteten Tage.

Schöne Weihnachten

Manu

E-Mail am 19. Februar

Betreff: eingetaucht...

... bin ich noch einmal, lieber Enver,

in die "alten" Worte, die E-Mails, die wir uns vor Jahren schrieben und die wenigen aus dem letzten Frühjahr, habe Bilder von dir betrachtet und Erinnerungen angeschaut.

Im vergangenen November habe ich in der Tat bei einer online-Lesung ein Bild von dir gezeigt und drei Texte, die ich dazu geschrieben hatte, vorgetragen. Du hast Spuren hinterlassen, obwohl wir uns nie kennenlernten. Und in dieser Woche habe ich - endlich - die Novelle geschrieben, die ich schon lange geplant hatte. Die Grundlage sind meine E-Mails an dich. Die Geschichte dazu ... ich feile noch daran.

Es war schön und traurig in den Sommer von damals einzutauchen, so ein trauriges Jahr, auf das der Tod immer wieder Schatten geworfen hat.

Ich hätte es so schön gefunden, wenn du mir ab und zu ein Foto von einem Bild geschickt hättest, wie du es letztes Jahr vorgeschlagen hast. Deine Bilder sind für mich etwas Besonderes und werden es immer sein. Ich hoffe, du bist gesund. Ich hoffe, du malst. Ich hoffe, du antwortest.

Kein Textgeschenk als Anhang. Aber ganz liebe Grüße

Manu

E-Mail am 21. Februar

Betreff: Wo das türkisblaue Wasser den lilablauen Abendhimmel berührt...

...das ist der momentane Titel der Erzählung, lieber Enver.

Sie ist eigentlich fertig und es haben sich zahlreiche Testleser gemeldet. Der Titel ist eine Zeile aus einem Text, den ich zu einem deiner Bilder geschrieben habe. Ich würde dieses Bild gerne als Cover nehmen, falls ich die Erzählung irgendwann drucken lasse. Darf ich das? Ich habe es angehängt, es ist eins meiner Lieblingsbilder.

Ausnahmsweise war es schön, in die Vergangenheit zu tauchen. Mich an dich, deine Worte, meine Worte, an all die Texte und Träume zu erinnern, war schön.

Ich danke dir von ganzem Herzen und hoffe, es geht dir gut!

Manu

E-Mail am 26. Februar

Betreff: Freude!

Lieber Enver,

für Freude Worte zu finden, fällt mir viel schwerer als für Traurigkeit - wie schön, von dir zu hören!!

Ich bin ganz durcheinander, irgendwie. Da gibt es jetzt diese Figur in meiner Erzählung, sie heißt Manu, und den Maler in Berlin, der heißt zufällig Enver; ich habe die Geschichte fertiggeschrieben, mit Gedichten und Texten angereichert und inzwischen gibt es schon erstes Feedback von begeisterten Testlesern. Da gibt es die Vergangenheit und da gibt es eine Gegenwart und vielleicht treffen sie sich in der Zukunft... Und alles ist verstrickt und verwoben mit der Realität und der Fantasie und den Möglichkeiten...

Es hat so Spaß gemacht, das zu schreiben! Und ich weiß genau, was du meinst, wenn du schreibst, "allein dieses Wollen freut mich schon"... es gab so einige To-Dos auf meiner Liste und ich habe sie weggeschoben und endlich meine Erzählung geschrieben.

Ja, Enver, das klingt schön. Wir treffen uns und umarmen uns einfach. Und bis es soweit ist, schreibe ich dir. Und danke dir immer wieder für alle Emotionen, die du und deine Bilder und unsere Erinnerungen in mir wecken!

Und du schickst mir Bilder - bitte! - zu denen ich dann schreiben kann, wenn ich will.

Wie lange bleibst du diesmal in der Türkei? Und was machst du, wenn du nicht malst? Ich hoffe, es geht dir gesundheitlich bald wieder richtig gut.

Ich umarme dich schon mal ein bisschen... 😊

E-Mail am 1. März

Betreff: ein kleines Gedicht

Lieber Enver,

es sind seltsame Zeiten. Ich schleiche durch meine Tage, manchmal bin ich kreativ und hoffnungsvoll und voller Ideen, aber dann wieder müde und traurig und kraftlos. Worte fehlen mir, Freude fehlt mir, Gedanken lassen sich nicht ordnen.

Verzicht

der Wind soll durch
meine Gedanken fegen
sie durcheinanderwirbeln
oder gleich mitnehmen
ich habe sie zu oft gedacht
zu groß gemacht

Also auf das Positive konzentrieren, dankbar sein, hoffnungsvoll. Ich denke an dich und schicke ein kleines Gedicht.

Liebe Grüße

Manu

E-Mail am 16. Juni

Lieber Enver,

die Erzählung, die ich aus meinen E-Mails an dich geschrieben habe, hat inzwischen drei verschiedene Enden. Habe ich dir schon erzählt, dass ich den zweiten Teil begonnen habe? Vielleicht werden es ja sechs. Dann kann jeder Leser sich ein Ende würfeln. Was hältst du davon?

Alles Liebe zu dir

Manu

E-Mail am 29. August

Betreff: ein Traum...

Lieber Enver,

>Irgendwo befindet sich ein Traum, der uns träumt <

Ich liebe diesen Satz und die Vorstellung, dass wir geträumt werden.

Kannst du ihn malen, Enver? Den Traum, der uns träumt?

Ich habe gestern ein weiteres Ende geschrieben. Für meine Erzählung von der Schriftstellerin, die den Maler besuchen will, beziehungsweise seine Ausstellung. Sie haben sich verpasst. Und das Ende ist ganz schön traurig, finde ich. So traurig, wie das Leben eben oft ist. Verpasste Gelegenheiten, verpasste Möglichkeiten, verpasste Träume.

Ich glaube, ich habe noch ein paar Träume, die geträumt werden wollen, den Traum von einem großen bunten Leben voller Möglichkeiten und Überraschungen, den Traum von besonderen Begegnungen, den Traum von einer Umarmung, die schon lange darauf wartet, getan zu werden.

Traumhafte Grüße zu dir in die Ferne

Manu

E-Mail am 1. September

Lieber Enver,

ich danke dir für deine Worte! Ich liebe diese kleinen Glücksmomente, wenn ich überraschend eine Nachricht von dir entdecke.

Was du über das Buch und das Gespräch von Sése und seinem Onkel schreibst, klingt wirklich schön. Und „meine" Fledermäuse sind in der Tat schon dreimal mit mir umgezogen. Klingt verrückt, oder? Sie lieben mich also wirklich. Ich glaube, sie begleiten mich schon seit 2009, aber vielleicht sind es auch immer andere, wer weiß das schon, vielleicht ziehe ich ja zufällig immer dahin, wo zwei Fledermäuse abends vorbeischauen. Ich habe einige schamanische Seminare besucht und es könnte sein, dass die Fledermaus mein Krafttier ist. Da werde ich noch einmal nachlesen.

Ich kenne ein ähnliches Buch, es heißt "Sara und die Eule", und ich finde es auch ganz wunderbar - es beschreibt, wie die kleine Sara sich mit Hilfe der Eule Salomon von einem traurigen, kleinen Mädchen in ein selbstbewusstes Mädchen verwandelt, das die Welt durch die Augen bedingungsloser Liebe sehen kann. Sara lernt, wie sie stets in einer Atmosphäre reiner, positiver Energie leben kann und sie erkennt ihr grenzenloses Potential. Es ist eine Anleitung, wie wir Freude und Glück finden können.

Wie immer haben mich deine Worte inspiriert. Ich freue mich über das Wunder und ich bleibe in deiner Umarmung...

Ganz herzliche Grüße von Manu

E-Mail am 3. September

Lieber Enver,

nachdem ich dir vorgestern geschrieben hatte, habe ich einen ganz wundersamen Film angeschaut, „Agnes" heißt er und handelt von Agnes und Walter, die sich in einer Universitätsbibliothek kennenlernen und bald eine Beziehung haben. Walter, von Agnes dazu ermutigt, fängt wieder an zu schreiben und er schreibt über sie beide und ihre Beziehung. Dann gibt es immer wieder Szenen, wo man als Zuschauer erst nicht genau weiß, ist es jetzt die Realität in dem Film, oder zeigt der Film das, was Walter in seinem Buch schreibt. Agnes wird schwanger und verlässt ihn, weil er kein Kind will. Dann wird das Kind geboren. Aber Emma gibt es nur im Buch. In Wirklichkeit erfährt Walter irgendwann, dass Agnes das Kind verloren hat. Er holt sie zurück. Der Film hat mich sehr berührt. Vielleicht auch schon deshalb, weil ich über „uns" schreibe. Na ja, es ist eher so, dass ich mich vom Leben inspirieren lasse, in meiner Erzählung, und in die Rolle der Manu schlüpfe, die einen Maler kennenlernt... Das Ende des Films ist traurig, aber so ganz genau weiß ich es nicht mehr. Ich habe zu viel Wein getrunken. Agnes nimmt sich das Leben. Erfrieren soll ein schöner Tod sein.

Und noch etwas möchte ich dir erzählen. Gestern hat mich ein Maler aus Bonn angerufen und mich gebeten, dass ich im Rahmen seiner Ausstellung eine Lesung veranstalte, Ende Oktober. Ich werde einige seiner Bilder als Schreibimpuls nehmen – darauf freue ich mich! Und einen Titel habe ich auch schon: >Die Schönheit eines Augenblicks< Die einen nehmen Farben, die anderen Worte…

Eben hat es endlich angefangen zu regnen. Ich bin einkaufen gegangen und habe es geliebt, den Regen auf meiner Haut zu spüren.

Ich hoffe, meine Worte im Gedicht berühren dich.

Von Herzen alles Liebe zu dir

Manu

Anhang

Wo die Sonne mich liebt

wo die Sonne mich liebt
will ich bleiben
meine Füße in den Sand stecken
meine Hände ins Meer
meinen Kopf in die Wolken
damit sie mir meine Gedanken rauben
und Wolkennebel in meinen Kopf pusten

wo der Wind mich trägt
will ich bleiben
meine Worte in die Luft werfen
meine Sätze verschenken
meine Nichtwörter einsammeln
damit sie aufs Papier fließen
und alles Ungesagte sich von mir befreit

wo die Sonne mich liebt und der Wind mich trägt
und das Vergessen lang ist
und das Herz nicht mehr bang ist
da will ich bleiben
von der Wärme trinken
von der Zuversicht kosten
von der Hoffnung naschen

wo du mich findest
will ich warten
Regentropfen zählen, Trostworte sammeln
Träume geheim halten
und Gedankenbrücken überqueren
die Vergangenheit habe ich begraben
die Zukunft vergessen

wo das Jetzt mich liebt
will ich bleiben
zwischen Sonnenstrahlen, Windböen und
Regentropfen tanzen
selbstvergessen mit geschlossenen Augen
will ich bunte Pläne herbeisehnen
ihre Farben mit Wortzauber mischen

E-Mail am 18. September

Lieber Enver,

gerade habe ich den ersten Teil der Erzählung ausgedruckt.
Am 27. September ist die Lesung, bei der ich die Geschichte
von Manu und Enver vortragen möchte. Nicht den zweiten
Teil mit den verschiedenen Enden, nur den ersten. Wenn ich
das lese, ist das wie ein Eintauchen in eine Welt der Gefühle.
Während ich lese, die E-Mails und die Texte, ist es, als zupfe
jemand die Saiten eines Instruments in mir, ist es, als ob die
Gefühle erwachen. Ich mag das. Es spielt keine Rolle mehr, ob
ich mir das ausgedacht habe oder ob ich es selbst erlebt habe -
die Gefühle sind da.

Und der Hebst ist da. Mit so schönen grauen Wolken, mit
kühlem Wind, mit Regen und Regenversprechen. Ich höre
Klaviermusik von Martin Herzberg, zünde Kerzen an, träume
von einer Umarmung. Alles wie immer.

Und Enver schreibt nicht mehr. Alles wie immer.

Ich hoffe, es geht dir gut und schicke liebe Grüße

Manu

E-Mail am 27. September 00:36 Uhr

Betreff: Lesung und Gefühle und Herbst

Heute ist der 27. September. Heute werde ich lesen, lieber Enver.

Diese Geschichte... Und dein Bild zeigen, das vielleicht mal das Cover eines Buches wird. Für eine Geschichte, die es nicht wirklich gibt, nur ein bisschen. Meinen Testlesern hat es gefallen. Es fehlen noch zwei Enden. Die schreibe ich, nachdem ich noch einmal in die Geschichte eingetaucht bin. Ein Krimiende – vielleicht - und ein Ende, in dem Manu ohne den Maler glücklich wird.

Es hat den ganzen Tag geregnet. Ich war joggen, habe unterrichtet. Ich sollte schlafen. Ich kann nicht schlafen. Ich möchte lieber schreiben, ich möchte lieber Weißwein trinken. Morgen früh habe ich online-Unterricht. Ich sollte schlafen. Ich möchte lieber träumen. Oder ein bisschen weinen. Es gibt so vieles, worüber man traurig sein könnte.

Umarmst du mich noch ein bisschen? Vielleicht kann ich dann schlafen.

Manu

E-Mail am 27. September 22:13 Uhr

Betreff: Küsse im Traum

Lieber Enver,

wie oft habe ich heute Abend diese Worte vorgelesen "lieber Enver"...

es tut mir leid zu hören, dass es dir nicht gut geht. Ich hatte es befürchtet und mir dann verboten, das zu denken. Ich habe heute alle Zuhörer und Zuhörerinnen gebeten, dir gute Wünsche zu schicken. Ich wünsche dir sehr, dass es dir bald wieder besser geht!

Ich konnte schlafen, nachdem ich dir geschrieben hatte, das liegt wahrscheinlich an den ganz leisen Küssen, die du mir geschenkt hast. Und ich habe mich dann auf den Abend gefreut. Ich habe diese Erzählung so gerne vorgelesen und dabei war ich dir nah, und auch meinem alten Ich, dieser Manu in meiner Erzählung. Es war, als würdest du in der letzten Reihe sitzen. Du hast gelächelt und genickt und manchmal ganz erstaunt geschaut. Wie glücklich ich bin, dass es diese Geschichte gibt und dich und deine Bilder und all meine Worte und Wünsche und Erinnerungen. Das ist so besonders! Über eine Stunde habe ich vorgelesen, diese Menschen in meine E-Mails und Texte und Gedichte gesogen, immer wieder kam eine neue Nachricht - lieber Enver... Das Feedback war überwältigend. Ich glaube, ich muss doch ein Buch daraus machen.

Lieber Enver, ich halte deine Hand und schicke dir Heilenergie. Ganz viel Heilenergie! Und von meiner Liebe! Und wenn du möchtest, komme ich nach Berlin und halte wirklich deine Hand. Damit du ganz schnell wieder gesund wirst. Ich umarme dich! Ganz fest.

Alles Liebe

Manu

E-Mail am 27. September 22:18 Uhr

Betreff: Gedichte

Lieber Enver,

manche Worte haben eine große Kraft. Ich schicke dir ein Gedicht - möge es dir Kraft und Zuversicht geben!

Manu

Anhang

Das Geschenk der Furchtlosigkeit

das Geschenk der Furchtlosigkeit
erlöste mich von den kalten Händen, die mein Herz
umklammert hielten
das Geschenk der Furchtlosigkeit
war wie ein Same aus dem die Blüte der Zuversicht ans Licht
strebte
das Geschenk der Furchtlosigkeit
fand mich in einem Traum, als ich tausend Hindernisse
überqueren musste
das Geschenk der Furchtlosigkeit
war wie ein Sommerregen, der mich komplett erfasste und
durchnässte
das Geschenk der Furchtlosigkeit
befreite meine Lebensfreude, eingewickelt in schwarze,
schwere Schatten
das Geschenk der Furchtlosigkeit
war das Geschenk eines Engels, der mir unerwartet den
dunklen Weg versperrte und ihn erhellte
das Geschenk der Furchtlosigkeit
eingewickelt in Liebe
geschmückt mit Vertrauen
möchte ich an dich weiterreichen.

E-Mail am 25. Dezember

Betreff: Weihnachtsgrüße / Anhang: Gedicht: heilig ist der Abend

Lieber Enver,

ich denke gerade an dich und möchte dir herzliche Grüße und Weihnachtswünsche schicken!

Ich hoffe, es geht dir gut! Ich hatte wirklich ein gutes Jahr und bin sehr dankbar. Voller Freude blicke ich auf all das zurück, was ich erleben und lernen durfte, auf all die wunderbaren Begegnungen mit lieben Menschen. Auf die Geschichte, die ich um uns gesponnen habe und vor einem wunderbaren Publikum vortragen konnte, auf mein Lachen, auf kreative Projekte und Ideen... Das letzte Ende ist noch ungeschrieben - ich weiß nicht, ob und wann ich es schreiben werde.

Du bist in meinen Gedanken und ein kleines Stück meines Herzens gehört dir! Danke, dass es dich gibt in meinem Leben (oder in meiner Fantasie?), ein verträumter Traum webt immer wieder unsichtbare Fäden von dir zu mir, mein Blick bleibt immer wieder an deinen Bildern hängen und berührt die Freude in mir.

Eine Umarmung für dich!

Manu

Anhang

und wieder nähert sich
die Dunkelheit
Lichter erleuchten
Kerzen fangen Feuer
einem unsichtbaren
Schleier gleich
legt sich behutsam
ein atemloser Frieden
auf das Land
stille Nacht
vorsichtig ist die Hoffnung
bittersüß schmeckt die Sehnsucht
der Blick taumelt
zwischen gestern und morgen
heilig ist der Abend

E-Mail am 6. Januar

Betreff: Grüße zum Neuen Jahr

Lieber Enver,

und unverhofft eine Nachricht von dir - ich bin überrascht, wie immer, und Freude breitet sich in mir aus, wie immer. Du hast mir nicht gesagt, wie es dir geht. Und wo du bist, aber das ist ja auch egal... Wenn ich dir schreibe bist du hier, ganz nah... ich hoffe von Herzen, du bist gut in das neue Jahr gestartet. Ich schaue nicht mehr zurück, nicht nach vorn, ich bleibe im Jetzt; dort schreibe ich Gedichte und schönklingende Texte, spiele mit Worten, spreche mit Menschen, lerne weiter, lebe dankbar, lache viel. Und manchmal schreibe ich dir und schenke dir Gedichte, weil du gesagt hast, dass du sie magst.

Ich umarme dich und schicke dir ganz herzliche Grüße

Manu

Anhang

Meine Gedichte

meine Wintergedichte
handeln von Eis
das zerbricht wie Glas
oder Vertrauen
in meinen Frühlingsgedichten
explodieren die Farben
wie Feuerwerk
oder schlaflose Sorgen
meine Sommergedichte
handeln von Wärme
die Nougateis zum Schmelzen bringt
und Träume auffrisst
in meinen Herbstgedichten
fallen frierend gelbe Blätter
und das Vergessen beginnt.

E-Mail am 16. Januar

Betreff: Geht so

Lieber Enver,

ich hoffe, es geht dir schon ein bisschen besser als "geht so". Wie immer habe ich mich gefreut, von dir zu hören. Ich hatte vergangenen Samstag einen echten Tiefpunkt, ich war so kraftlos und schrieb das:

moment mal
keine Worte schreiben sich
atemlos still
das regennasse jetzt
die ruhe schmeckt schmal
die hoffnung riecht ranzig
der wind flüstert
unverständliches
ich kann mein danke
nicht finden
mir fehlt die kraft
lichter anzuzünden
und der grünspecht
vor meinem fenster
hört nicht auf zu nicken

Und gestern fiel mir ein, mal zu schauen, was denn der Grünspecht bedeutet und ob er vielleicht ein Krafttier ist, er besucht mich schon seit Monaten immer wieder. Am Samstag war er ganz nah am Fenster.

„Ich sehe dich," stand da. "Ich habe die Vision, dich in deine Kraft zu führen."

Krafttier Specht: Der Specht ist das Herzenstier, das an die teils verschlossene Türe des Herzens anklopft, um uns ins Gewahrsein zu holen.

Das hat mich beruhigt. Gestern habe ich mir neue Kraft im Wald geholt. Heute habe ich den Specht noch nicht gesehen.

Ganz liebe Grüße zu dir

Manu

E-Mail am 22. Januar

Betreff: Halbfertig

Enver, lieber Enver,

so viele Worte von dir, ich habe sie immer wieder von allen Seiten betrachtet und dann in mein Herz gelegt. In deinen letzten Nachrichten gab es immer einen dunklen Schleier auf deinen Zeilen, eine ängstliche Traurigkeit oder eine traurige Angst, vielleicht war es auch Schwermut, und diese Schwermut hat meine Fragen festgehalten, nur "wie geht es dir" konnte ich fragen und das war so viel mehr als "wie geht es dir" eigentlich bedeutet.

Es ist schön zu hören, dass es dir besser geht und dass deine Steine und deine Organe bei dir bleiben dürfen und die Schmerzen gehen dürfen... und dass du wieder malst! Ich habe mir und dir immer gewünscht, dass du wieder die Kraft findest zu malen; es gibt noch so viel zu sagen, zu malen, zu schreiben, zu erleben...

Du hast begonnen, ein neues Bild zu malen, ohne zu wissen, ob du es zu Ende malen kannst. Darüber denke ich gerade nach – gibt es nicht immer wieder Dinge, die wir beginnen, ohne sie zu Ende zu bringen? So viele Vorsätze, die wir nicht umsetzen? Wie viele halbfertige Strickteile liegen in irgendwelchen Körben? Wie viele Manuskripte in den Schubladen? Wie viele Träume stauben vor sich hin? Vielleicht ist manchmal nur das Anfangen wichtig. Vielleicht darfst du etwas Neues anfangen, ohne das Alte beendet zu haben? Es klingt, als ob deine halbfertigen Bilder dich daran hindern, weiterzugehen, neue zu malen, vielleicht sind ja die neuen wichtiger, die, die gemalt werden sollen nach deiner langen Pause?

Eine Menge halbfertiger Bilder, schreibst du, von denen manche seit Monaten, sogar seit Jahren, darauf warten, dass du sie „auf die Welt" bringst. Bei dem einen fehle das Licht, bei dem anderen der Schatten und nicht selten sei es auch, dass das Licht im Schatten fehlt. Du sagst, es sei wichtig, dass das Licht auch im Schatten vorhanden ist, das könne man vielleicht mit den Hoffnungsschimmern im Leben vergleichen.

Licht im Schatten. Ich liebe diesen Satz besonders: "Es ist sehr wichtig, dass das Licht auch im Schatten vorhanden ist." Darüber werde ich schreiben. Und jetzt, wo du wieder Hoffnungsschimmer in deinem Leben hast, kannst du Licht oder Schatten in deine halbfertigen Bilder bringen und auch das Licht im Schatten wiederfinden und dann kannst du sie endlich auf die Welt bringen!

Du denkst an die vier halbfertigen Spatzen auf einem Hagebuttenstrauch im Herbst und wirst traurig, weil die Zeit erstarrt ist und an das halbfertige Bild mit drei Tauben denkst du und sorgst dich, wie lange sie da noch so warten sollen, ohne zu wissen, wo sie sich befinden.

Um die Tauben mache ich mir keine Sorgen, ich mag Tauben nicht so besonders, glaube ich (außer die von dir gemalten), aber um das kleine Mädchen sorge ich mich! Ich sorge mich am meisten um das Bleistiftmädchen, ehrlich, farblos und erschrocken sitzt es am Ufer des Sees, die Füße im Wasser, und die weit aufgerissenen Augen sind auf das Papierboot gerichtet. Sie wird kalte Füße bekommen und das kleine Boot wird nicht mehr lange durchhalten, Enver, kümmere dich um sie!

Abends, wenn ich einschlafen will und nicht kann, sehe ich das Bleistiftmädchen. Ungewiss, ob es eine Zukunft hat. Mir wird kalt, Mondlicht fällt durch mein Fenster, während ich mich meinem Bleistift anvertraue. Und während du dich mit der Ungewissheit plagst, solltest du für die Spatzen und Tauben und für das Bleistiftmädchen eine Zukunft malen, Enver, bitte. Eine farbenfrohe, leuchtende Zukunft!

Halbfertige Bilder, halbfertige Sätze, Texte ... wie die Geschichten im Leben. Du hast so Recht. Aber trotzdem: weitermalen, weiterschreiben, weiterleben!

Und eins noch, da wir gerade über Licht und Schatten sprachen - heute Morgen las ich bei Ulrich Duprée, meinem Ho´oponopono-Lehrer, das Folgende: "Aus Dunkelheit entsteht kein Licht. Licht ist von der Dunkelheit völlig unabhängig. Es gibt keinen Dunkelheitsschalter, sondern nur einen Lichtschalter. Es gibt kein geistiges Prinzip des Mangels, sondern nur ein geistiges Prinzip der Fülle. Wir können uns der Fülle, dem Licht und der Wahrheit in uns zuwenden oder uns davon abwenden. Licht und Erkenntnis entstehen, wenn die Sonne aufgeht oder wir den inneren Schalter umlegen - wenn uns ein Licht aufgeht. Und Frieden entsteht erst dann, wenn wir uns bewusst für ein friedliches Leben entscheiden."

So sende ich dir Licht und Liebe und wünsche mir und dir, dass wir das Licht im Schatten finden

Manu

E-Mail am 12.März

Betreff: ein Gedicht...

... für dich, lieber Enver,

ich weiß nicht, ob es schon fertig ist, vielleicht ist es halbfertig oder fast fertig; es ist die Fortsetzung von "Einfach ein Tag I" und meine Gedichte zeigen mir, dass mein Herz anders denkt als mein Kopf, das ist interessant. "Ich pflücke Worte und schreibe, immer und immer, Tautropfen glitzern..." und ich wünschte mir, es gäbe jemanden, den meine Worte interessieren, der sie wirklich hören will, der mich nach meinen Wortgeschenken fragt und all dem, was zwischen den Zeilen steht.

Eine Umarmung für dich

Manu

Anhang

Einfach ein Tag II

Kinder werden geboren
Menschen zu Grabe getragen
Tränen der Freude oder Trauer
wortlose Momente
auch der Himmel schweigt

sie klammern sich ans Leben
werfen ihre Pillen ein
tun ihre Pflicht
stöhnen, schimpfen, lächeln
ich glaube deine Worte nicht

meine Freundin erhält eine Diagnose
die Angst macht
Wolken schieben sich über den Himmel
Sonnenstrahlenmomente
der Wind mischt sich ein
Stücke vom Himmel
spiegeln sich in Pfützen
alles wie immer

nichts wie immer
denke ich
betrachte meine Wahrheit
die so anders ist
als deine
Ideen werden geboren

Träume begraben

Ich möchte vertrauen
wo ich nicht mehr vertrauen kann
möchte glauben
was so sehr nach falsch riecht
und du meldest dich nicht mehr

ich puste meine Worte in den Wind
male die Sonnenstrahlen rot an
denke Liebe.

Variante 6

… dieses Ende schreibst du am besten selbst, ganz so, wie du es dir wünschst…

Das noch ungesagte Wort eröffnet viele Möglichkeiten – nimm einen Stift und Papier und leg los. Schreib nach den Regeln des Kreativen Schreibens – nicht nachdenken, den Verstand ausschalten, die Hand in Bewegung halten. Was passiert? Fährt Manu im Februar nach Berlin? Wird sie Enver treffen? Wird sie ihn verpassen, vergessen, wird er sie suchen? Gibt es Zufälle, die wir übersehen haben, Möglichkeiten, die sich auf dem Papier zeigen? Geben wir dem Schicksal eine weitere Chance…

Ich wünsche mir,
dass das Besondere
besonders bleibt
und das
Außergewöhnliche
nie
gewöhnlich wird

Literaturhinweise und Empfehlungen

Ausländer, Rose, Gedichte, Frankfurt am Main, Fischer Taschenbuch, S. Fischer Verlag GmbH, 2018 (2. Auflage).

Cameron, Julia, Der Weg des Künstlers: Ein spiritueller Pfad zur Aktivierung unserer Kreativität, München, Knaur, 1996 - Neuausgabe Juli 2009.

Cameron, Julia, Von der Kunst des Schreibens: ... und der spielerischen Freude, Worte fließen zu lassen, München, Knaur, 2003.

Fournier, Cay von: Das Geheimnis der Lebensbalance, Berlin, Verlag SchmidtColleg GmbH & Co. KG, 1. Auflage 2003.

Goldberg, Natalie, Schreiben in Cafés: Kreatives Schreibtraining, Berlin, Autorenhaus Verlag, 2014 (4. Auflage).

Goldberg, Natalie, Wild Mind: Freies Schreiben, Berlin, Autorenhaus Verlag, 2005.

Heimes, Silke: Schreib es dir von der Seele: Kreatives Schreiben leicht gemacht. Göttingen, Vandenhoeck & Ruprecht Verlag, 2011.

Krelle, Christoph, Kreatives Schreiben: Sag mal, wie schreibe ich ein Wolfsmärchen?, Hamburg, Verlag: tredition, 2016.

Platsch, Anna, Schreiben als Weg: von der kreativen Kraft des Wortes, Bielefeld, Theseus Verlag, 2009.

Über die Autorin

Beate Fuhrmann ist Schriftstellerin, Lehrerin für Kreatives Schreiben und für Fremdsprachen, Auftragsschreiberin und freiberufliche Autorin. Zwei Leidenschaften – unterrichten und kreativ schreiben - konnte sie vor mehr als zehn Jahren zusammenbringen: Schreiben unterrichten! So bietet sie zum Kreativen Schreiben unter ACTUARIA regelmäßige Schreibtreffen an (auch im Freien) sowie Schreibwerkstätten und Seminare, auch in Verbindung mit Yoga, außerdem Lektorat und Korrektorat sowie Schreibcoaching (Hilfe und Beratung bei Schreibprodukten und Schreibhemmungen) und Coaching durch Schreiben: **Die Antwort liegt in dir!**

Sie lebt, schreibt und unterrichtet in Bad Godesberg. Ihre Texte sind zumeist kurz, es entstehen Erzählungen, Gedichte, Gedankenspaziergänge und Kurzgeschichten, die sie seit 2012 veröffentlicht. 2016 erschien ihr dritter Band mit Gedichten und Texten *„Lass dich berühren"*, Ende 2018 das Buch *„Lieber Charlie: Briefe an mein Enkelkind"* und 2021 der Kurzgeschichtenband *„weg"*. Gelegentlich veranstaltet sie Lesungen, mit und ohne Musik. Beate Fuhrmann spielt leidenschaftlich gerne Theater, ihr besonderes Interesse gilt dem hawaiianischen Vergebungsritual Ho´oponopono - ein kraftvoller Weg zu innerem und äußerem Frieden.

Ihr Motto: Man schreibt nur mit dem Herzen gut!

www.actuaria-kreativ.de

monatlichen Newsletter per E-Mail anfordern unter:
beate.fu@freenet.de

ODER SO:

Ich bin

Ich bin all die Eindrücke, die ich an Orten, die ich bereiste und an denen ich lebte, sammeln konnte, ich bin die Begegnungen, Blicke und Umarmungen, die ich mit Menschen hatte, beim Kennenlernen, beim Abschied, beim Teilen von Emotionen und Erfahrungen,

ich werde zusammengehalten von all den Erinnerungen, all den Lachen und Tränen, von der Liebe, die fließen durfte, von Melodien, die mich zum Tanzen oder Fühlen brachten, von den Worten, die ich aus den Mündern weiser Menschen sammelte, aus Büchern abschrieb, von den Gesprächen in Zimmern, von Kerzen erhellt oder Stimmengewirr erfüllt,

ich bin mein Zaudern, Straucheln und Zweifeln, meine Abenteuer, meine besonderen Momente, ich bin all die Sonnenuntergänge, all die Waldspaziergänge, der Wind in meinen Geschichten, ich bin die Bleistift-Worte auf meinem Papier,

ich werde zusammengehalten von all den Hoffnungen, meinem Mut, weiterzugehen, vom Kaffeeduft und dem Geschmack von Erdbeeren, von meinen Träumen, erfüllten und unerfüllten, von meinem Bestreben nach Frieden, nach Verzeihen, nach Verständnis und Liebe, vom Blick in den Sternenhimmel in kalten Winternächten.

Ich bin...

> **... zutiefst dankbar für mein großes, buntes Leben.**

Beate Fuhrmann